AS RAZÕES DO AMOR

Harry G. Frankfurt

AS RAZÕES DO AMOR

Tradução
MARCOS MARCIONILO

Martins Fontes

O original desta obra foi publicado em inglês com o título *The reasons of love*.
© 2004, Princeton University Press, Princeton, Nova Jersey. Todos os direitos reservados. Nenhuma parte deste livro pode ser reproduzida ou transmitida sob qualquer forma ou meio, eletrônico ou mecânico, incluindo fotocópia, gravação e demais sistemas de armazenamento e recuperação de informação, sem permissão escrita da editora.
© 2007, Martins Editora Livraria Ltda., São Paulo, para a presente edição.

Capa
Renata Miyabe Ueda

Projeto gráfico
Joana Jackson

Produção editorial
Eliane de Abreu Santoro

Preparação
Maria do Carmo Zanini

Revisão
Huendel Viana
Simone Zaccarias

Produção gráfica
Demétrio Zanin

Dados Internacionais de Catalogação na Publicação (CIP)
(Câmara Brasileira do Livro, SP, Brasil)

Frankfurt, Harry G., 1929- .
  As razões do amor / Harry G. Frankfurt ; tradução Marcos Marcionilo. –
São Paulo : Martins, 2007. – (Coleção Dialética)

Título original: The reasons of love.
Bibliografia.
ISBN 978-85-99102-59-6

1. Amor 2. Razão prática I. Título. II. Série.

07-4719   CDD-177.7

Índices para catálogo sistemático:
1. Amor : Razões : Filosofia   177.7

Todos os direitos desta edição reservados à
Martins Editora Livraria Ltda.
R. Prof. Laerte Ramos de Carvalho, 163   01325-030   São Paulo   SP   Brasil
Tel.: (11) 3116 0000   Fax: (11) 3115 1072
info@martinseditora.com.br   www.martinseditora.com.br

Sumário

1. A pergunta: "Como devemos viver?"   7
2. Sobre o amor e suas razões   37
3. O querido *eu*   73
Agradecimentos   105

1
A pergunta: "Como devemos viver?"

1

Autorizam-nos Platão e Aristóteles a dizer que a filosofia nasceu da admiração. As pessoas se admiravam com os vários fenômenos naturais, que achavam surpreendentes. Também tentavam decifrar o que lhes parecia ser problemas conceituais, lógicos ou lingüísticos curiosamente recalcitrantes, que surgiam sem aviso no curso de seus raciocínios. Como exemplo daquilo que o levava a se admirar, Sócrates menciona o fato de que é possível uma pessoa se tornar menor que outra sem diminuir de estatura. Podemos nos perguntar por que Sócrates se incomodaria com um paradoxo tão banal. Evidentemente, o problema lhe parecia não só mais interessante como também consideravelmente mais difícil e perturbador do que nos parece. De fato, referindo-se a esse e a outros problemas semelhantes, Sócrates diz: "Por vezes, fico bem confuso pensando neles"[1].

Aristóteles dá uma lista de vários exemplos ainda mais instigantes do tipo de coisa que fazia os primeiros filósofos se admirarem. Ele menciona marionetes automáticas (parece que os gregos já as possuíam!); menciona certos fenômenos astronômicos e cos-

---

1   *Teeteto*, 155d.

mológicos; e menciona ainda o fato de o lado de um quadrado ser incomensurável com a diagonal. Não seria muito apropriado caracterizar essas coisas como meros enigmas. Elas são surpreendentes. São prodígios. A resposta que elas inspiraram deve ter sido mais profunda e mais inquietante do que simplesmente – como Aristóteles afirma – um "admirar-se de que as coisas sejam assim"[2]. Ela deve ter repercutido sensações de mistério, estranhamento e espanto.

Tenham os primeiros filósofos tentado decifrar os segredos do universo, ou apenas tentado estabelecer como analisar com clareza um fato de todo ordinário, ou como exprimir uma observação do senso comum de modo mais preciso, Aristóteles relata que as investigações deles não tinham propósitos mais práticos que esses. Eles estavam ávidos para vencer a própria ignorância, mas não porque cogitassem precisar da informação. De fato, sua ambição era exclusivamente especulativa ou teórica. Tudo o que queriam era desfazer a surpresa inicial diante do fato de as coisas serem como são ao deduzirem logicamente o motivo pelo qual seria inatural – ou até mesmo impossível – as coisas serem de outro modo. Quando se estabelece que algo é apenas esperado, dissipa-se toda e qualquer sensação de surpresa que possa ter sido gerada a princípio. É o que Aristóteles observa a respeito dos triângulos retos: "Não haveria nada de mais surpreendente para um *geômetra* do que uma diagonal que se *revelasse* comensurável"[3].

---

2 Neste capítulo, todas as minhas citações de Aristóteles provêm de sua *Metafísica*, 982-3.
3 Naturalmente, Aristóteles se refere ao teorema de Pitágoras. Há uma anedota interessante sobre isso. Ao fazer sua descoberta extraordinária, Pitágoras ficou profundamente abalado com o fato quase inacreditável e quase ininteligível, apesar de rigorosamente demonstrável, de que a raiz quadrada de dois não é um número racional. Ficou atônito ao perceber que, nas palavras de Aristóteles, existe algo "que não pode ser mensurado nem mesmo pela menor unidade". Além de ser um matemático, Pitágoras era então o líder de um culto religioso; e ficou tão profundamente comovido com seu teorema – por sua revelação do caráter misteriosamente não-racional da realidade matemática – que ordenou a seus seguidores de culto o sacrifício de cem bois. A anedota é que, desde então, toda vez que uma nova e poderosa verdade é descoberta, os bois suam frio.

Neste livro, entre outras coisas, tratarei de certos desconfortos e transtornos que costumam assediar os seres humanos. Eles diferem tanto daquela espécie de desconforto e transtorno que pode ser causada por dificuldades lógicas – tais como aquelas mencionadas por Sócrates –, quanto daquelas que tendem a surgir em resposta às características do mundo, como as que constam da lista de Aristóteles. Eles são mais práticos e – por tocarem de perto nosso interesse em tentar conduzir nossas vidas de maneira sensata – mais urgentes. O que nos leva a investigá-los não é uma curiosidade desinteressada, nem perplexidade, admiração ou espanto. É uma aflição psíquica de outro tipo: uma espécie de ansiedade ou inquietação incômoda. A dificuldade que encontramos em pensar essas coisas pode, por vezes, nos confundir. Contudo, é bem mais provável que elas nos deixem transtornados, agitados e insatisfeitos com nós mesmos.

Os tópicos aos quais este livro se consagra têm a ver com a condução normal da vida. De um modo ou de outro, eles incidem sobre uma questão que é, ao mesmo tempo, preliminar e derradeira: como uma pessoa deve viver? Nem é preciso dizer que não se trata de uma pergunta de interesse meramente abstrato ou teórico. Ela nos afeta de modo concreto, de maneira eminentemente pessoal. A resposta que damos a ela incide direta e penetrantemente sobre como conduzimos a nós mesmos – ou, quando menos, sobre como nos propomos a fazê-lo. Talvez ela afete, ainda mais significativamente, o modo como experienciamos nossas vidas.

Quando buscamos compreender o mundo da natureza, nós o fazemos, ao menos em parte, na esperança de que isso nos permita viver mais confortavelmente nele. Na medida em que conhecemos melhor nosso ambiente, sentimo-nos mais em casa no mundo. Por outro lado, em nossas tentativas de resolver questões acerca de como viver, o que esperamos é o conforto mais íntimo de nos sentir à vontade com nós mesmos.

2

As questões filosóficas atinentes à questão de como se deve viver recaem sob o domínio de uma teoria geral do raciocínio prático. A expressão "raciocínio prático" remete a uma das muitas variedades de deliberação empregadas pelas pessoas para decidir o que fazer, ou com as quais elas tentam avaliar o que foi feito. Entre elas está a variedade particular de deliberação que se concentra de modo especial nos problemas de avaliação *moral*. Esse tipo de raciocínio prático naturalmente recebe, tanto da parte dos filósofos como de outras pessoas, uma grande dose de atenção.

Para nós, é inquestionavelmente importante entender o que exigem, endossam e proíbem os princípios da moralidade. Nem é necessário dizer que precisamos levar as considerações morais a sério. A meu ver, contudo, a importância da moralidade na direção de nossas vidas tende a ser exagerada. A moralidade tem menos a ver com a formatação de nossas preferências e com a orientação de nossa conduta – ela nos diz menos do que precisamos saber sobre o que devemos valorizar e sobre como devemos viver – do que se costuma supor. Além disso, ela não é tão definitiva. Mesmo quando tem algo relevante a dizer, ela não necessariamente tem a última palavra. No que diz respeito a nosso interesse pela administração sensata dos aspectos de nossas vidas que são normativamente significativos, os preceitos morais são, ao mesmo tempo, menos inclusivamente adequados e menos definitivos do que somos muitas vezes levados a acreditar.

Apesar disso, as pessoas escrupulosamente morais podem estar destinadas, por deficiência de caráter ou de constituição, a levar vidas que nenhum indivíduo razoável escolheria de livre e espontânea vontade. Talvez apresentem defeitos e imperfeições pessoais que nada têm a ver com a moralidade, mas que as impedem de viver bem. Por exemplo, elas podem ser emocionalmente superficiais, podem carecer de vitalidade, ou sofrer de indecisão crônica. Dado que escolhem e perseguem de modo deliberado certas metas, elas podem se dedicar a ambições tão insípidas que sua experiência muitas vezes passa a ser monótona e insossa. Daí decorre que suas vidas podem ser inexoravelmente banais e ocas e – quer o reconheçam ou não – pavorosamente enfadonhas.

Há quem sustente que as pessoas que não são morais não podem ser felizes. Talvez seja até verdade que ser moral seja condição indispensável para uma vida satisfatória. Mas, por certo, não é a única condição indispensável. O julgamento moral acertado não é nem sequer a única condição indispensável na avaliação dos modos de conduta. A moralidade pode fornecer, no máximo, apenas uma resposta insuficiente e com graves limitações à questão de como se deve viver.

Em geral, presume-se que as exigências da moralidade são intrinsecamente prioritárias – em outras palavras, que a elas se deve sempre conceder irrestrita primazia sobre todos os outros interesses e reivindicações. Isso me parece implausível. Além do mais, até onde me é dado ver, não há uma razão muito convincente para acreditar que as coisas aconteçam assim. A moralidade está mais particularmente ligada ao modo como nossas atitudes e ações devem levar em conta as necessidades, os desejos e as prerrogativas de outras pessoas[4]. Então, por que *isso* deve ser considerado, sem exceção, a coisa mais fundamental de

---

4 Naturalmente, há outras maneiras de interpretar o tema da moralidade. Contudo, defini-la como algo que incide sobre nossas relações com outras pessoas – em detrimento de uma formulação mais aristotélica, isto é, como algo que incide mais sobre a satisfação de nossa natureza essencial – tem a vantagem de tornar especialmente evidente aquilo que muitas pessoas consideram a questão mais difícil e profunda a ser enfrentada pela teoria moral: a saber, a possibilidade aparentemente inescapável de conflito entre as reivindicações da moralidade e as do interesse pessoal.

nossas vidas? Na verdade, nossas relações com as outras pessoas são extremamente importantes para nós; e as exigências de moralidade a que elas dão origem têm, portanto, um peso inegável. Contudo, é difícil entender por que devemos admitir que nada, nunca, sob nenhuma circunstância, tem maior influência sobre nós que essas relações, e que as considerações morais devem, invariavelmente, ser aceitas como mais determinantes do que todas as outras considerações.

O que talvez confunda as pessoas nesse tema seja a suposição de que a única alternativa à aceitação das exigências da moralidade consistiria em permitir a si mesmo ser vorazmente impelido pelo interesse próprio. Talvez elas depreendam que, quando alguém reluta em submeter o próprio comportamento a restrições morais, deve ser por estar motivado por nada mais elevado que o estrito desejo de obter algum benefício para si próprio. Claro, isso pode fazer parecer que, ainda que haja circunstâncias nas quais uma conduta moralmente condenável possa ser compreensível e até perdoável, esse tipo de conduta não pode ser digno de admiração ou de genuíno respeito.

Contudo, até mesmo pessoas bastante razoáveis e respeitáveis acabam descobrindo que outras coisas podem, por vezes, ter um significado e uma influência muito maiores do que a moralidade *ou* elas mesmas. Há modos de normatividade apropriadamente coagentes, fundamentados em considerações que não são nem morais nem egoístas. Alguém pode se dedicar legitimamente a ideais – religiosos, culturais ou estéticos, por exemplo – cuja autoridade, para essa pessoa, independe dos desideratos pelos quais os princípios morais distintivamente se direcionam; e é possível almejar esses ideais não-morais sem ter em mente o mínimo interesse pessoal. É de aceitação geral que as reivindicações morais têm necessariamente precedência, mas ainda resta

A pergunta: "Como devemos viver?"

esclarecer se a atribuição de uma autoridade maior a um modo não-moral de normatividade deva sempre ser – em qualquer circunstância e à revelia das dimensões pertinentes – um erro.

3

O raciocínio autorizado acerca do que fazer e de como se comportar não está limitado à deliberação moral. Seu alcance se estende, como sugeri, a avaliações em termos de vários modos não-morais de normatividade que também incidem sobre a condução da vida. A teoria do raciocínio prático normativo é, portanto, mais inclusiva do que a filosofia moral no que diz respeito aos tipos de deliberação que ela considera.

E é também mais profunda. Isso porque abarca questões pertinentes a normas avaliativas mais abrangentes e definitivas que as normas da moralidade. A moralidade não chega de fato à raiz das coisas. Afinal, não nos basta reconhecer e entender as exigências morais que nos podem ser adequadamente dirigidas. Não é suficiente aplacar nossas inquietações acerca de nossa conduta. Além disso, precisamos saber que grau de autoridade nos é razoável conceder a essas exigências. A moralidade, em si mesma, não pode nos satisfazer quanto a isso.

Para alguns indivíduos, o compromisso de ser moralmente virtuoso talvez seja um ideal pessoal categoricamente dominante. Ser moral é, sob todos os aspectos, mais importante para eles do que qualquer outra coisa. Essas pessoas aceitarão naturalmente a primazia incondicional das exigências morais. Contudo, esse não é o único desígnio atraente ou inteligível para uma vida humana. Podemos descobrir que outros ideais e outras medidas de valor nos atraem e se apresentam forçosamente como competidores razoáveis na disputa por nossa lealdade reguladora. Portanto, mesmo depois de termos identificado acuradamente os preceitos da lei moral, ainda restará – para a maioria de nós – a questão prática mais fundamental, que é a importância de observá-los.

4

Quando tentam analisar as diversas estruturas e estratégias do raciocínio prático, filósofos, economistas ou outras pessoas costumam partir de um repertório conceitual mais ou menos padrão, mas, ainda assim, inadequado. Talvez o mais elementar e o mais indispensável desses limitados recursos seja a noção daquilo que as pessoas *querem* – ou, de modo similar (ao menos segundo a convenção um tanto quanto arbitrária que adotarei neste livro), o que elas *desejam*. Essa noção é desmedidamente onipresente. Também anda muito sobrecarregada e um pouco manca. As pessoas habitualmente a colocam numa série de diferentes papéis, em referência a uma variedade díspar e desregrada de estados e fatos psíquicos. Além disso, seus vários significados raras vezes são diferenciados; nem se faz grande esforço para esclarecer como eles se relacionam. Essas questões costumam ser deixadas negligentemente sem definição nos usos imprecisos do senso comum e da fala cotidiana.

Daí decorre que nossa compreensão de vários aspectos significativamente problemáticos de nossas vidas tende a permanecer parcial e obscura. O repertório-padrão de conceitos é útil, mas não adequado o suficiente para o esclarecimento de alguns fenômenos importantíssimos. Tais fenômenos precisam ser esclarecidos. Portanto, o costumeiro conjunto de recursos conceituais precisa ser enriquecido pela articulação de algumas noções suplementares. Essas noções, como a de desejo, são também ao mesmo tempo triviais e fundamentais. Mas, infelizmente, foram um tanto quanto deixadas de lado.

5

Em geral, não basta identificar os motivos que guiam nossa conduta ou modelam nossas atitudes e nosso pensamento apenas com a vaga observação de que há várias coisas que *queremos*. Isso quase sempre deixa um mundo de fora. Em numerosos contextos, é ao mesmo tempo mais preciso e muito mais elucidativo dizer que há algo que nos interessa, ou – em uma frase que utilizarei (talvez com certa obstinação) como o equivalente dessa – algo que *consideramos importante para nós mesmos*. Em alguns casos, também, o que nos interessa é uma variante especialmente notável de cuidado: a saber, o *amor*. Ao propor expandir o repertório de que depende a teoria da razão prática, esses são os conceitos adicionais que tenho em mente: aquilo que nos interessa, o que é importante para nós e aquilo que amamos.

Existem, é claro, relações significativas entre querer determinadas coisas e ter o interesse despertado por elas. De fato, a noção de interesse é, em grande medida, construída sobre a noção de desejo. Interessar-se por algo pode ser, no fim, apenas um certo modo complexo de querê-lo. Contudo, simplesmente atribuir desejo a uma pessoa não significa, por si só, que a pessoa se interesse pelo objeto que deseja. De fato, isso não implica que o objeto represente algo para ela. Como todos sabem, muitos de nossos desejos são completamente irrelevantes. Não nos interessamos de fato por eles. Satisfazê-los não tem a mínima importância para nós.

E isso não porque os desejos sejam fracos. A intensidade de um desejo consiste em sua capacidade de tirar do caminho outras inclinações e interesses. Por si só, porém, a intensidade não implica que de fato estejamos interessados por aquilo que queremos. As diferenças nas intensidades dos desejos podem provir de todos os tipos de coisas, completamente independentes de nossas atitudes avaliadoras. Elas podem ser radicalmente desproporcionais à importância relativa que têm para nós os objetos desejados.

Claro que é verdade que, se nos ocorre querer algo com muita intensidade, é natural que nos interessemos por evitar o desconforto a que seremos submetidos se nosso desejo for frustrado. De nosso interesse por *isso*, contudo, não decorre que nos interessaremos pela satisfação do desejo. A razão para tanto é que talvez nos seja possível evitar a frustração de outra maneira – ou seja, não pela obtenção do objeto desejado, mas, em vez disso, pela abdicação do desejo; e essa alternativa pode ter muito mais força de atração sobre nós. Por vezes, as pessoas tentam, muito razoavelmente, desembaraçar-se por completo de certos desejos, em vez de satisfazê-los, quando acreditam que a satisfação dos desejos seria indigna ou nociva.

De nada adiantará ampliar a noção do que as pessoas querem escalonando seus desejos em uma ordem de preferência, porque alguém que quer alguma coisa mais que outra pode não encarar a primeira como sendo mais importante para si do que a segunda. Suponhamos que alguém que precise matar um pouco de tempo decida fazê-lo vendo televisão e, assim, escolha assistir a determinado programa porque o prefere a outros que também estão disponíveis. Não temos legitimidade para concluir que assistir a esse programa é algo que o interesse. Afinal, ele só assiste a esse programa para matar o tempo. O fato de preferir esse a outros não implica que ele se empenhe mais em assistir a esse do que a qualquer um dos outros, pois isso não implica absolutamente que ele se empenhe em assistir a esse em particular. Interessar-se por algo é diferente não apenas de querê-lo e de querê-lo mais do que a qualquer outra coisa. Também é diferente de considerá-lo intrinsecamente valioso. Mesmo acreditando que algo tem considerável valor intrínseco, a pessoa pode não avaliá-lo como importante para si mesma. Ao atribuir valor intrínseco a uma coisa, talvez subentendamos que faria sentido alguém desejá-la por si só – ou seja, como um fim último, e não meramente como um meio para algo mais. Contudo, nossa convicção de que ter um certo desejo não seria desarrazoado não significa que nós mesmos tenhamos de fato o desejo, nem implica a convicção de que nós ou qualquer outra pessoa devamos tê-lo.

Algo que reconhecemos ter valor intrínseco (uma vida dedicada à meditação profunda, talvez, ou a corajosas façanhas cavaleirescas) pode, contudo, não nos atrair. Além disso, pode ser completamente indiferente para nós se alguém está interessado em promover ou alcançar esse algo. Podemos facilmente pensar em muitas coisas que, por si só, talvez já valha a pena tê-las ou fazê-las, mas, até aí, consideramos completamente aceitável que ninguém seja atraído em particular por essas coisas e que elas nunca sejam de fato buscadas.

De todo modo, mesmo que uma pessoa se empenhe em obter ou fazer algo por causa de seu valor intrínseco, ainda não se pode inferir com absoluta propriedade que ela está interessada por essa coisa. O fato de determinado objeto possuir valor intrínseco tem a ver com o *tipo* de valor que o objeto possui – a saber, um valor que depende exclusivamente de propriedades inerentes ao próprio objeto, e não das relações do objeto com outras coisas; mas isso nada tem a ver com a *quantidade* desse tipo de valor que o objeto tem. Aquilo que, por si só, vale a pena ter ou fazer pode, não obstante, ter pouco valor. Por conseguinte, talvez seja bastante razoável uma pessoa desejar como fins últimos, totalmente por causa do valor intrínseco ou não-instrumental, muitas coisas que ela não considera de todo importantes.

Por exemplo, há vários prazeres bem triviais que buscamos apenas por conta de seu valor intrínseco, mas que não nos interessam de fato. Quando quero um sorvete de casquinha, quero-o simplesmente pelo prazer de tomá-lo. Esse prazer não é um meio de obter outra coisa: é um fim que desejo exclusivamente por si mesmo. Contudo, isso dificilmente implica que eu esteja interessado em tomar o sorvete. Nessas ocasiões, costumo reconhecer claramente que meu desejo não tem conseqüências e que seu objeto não tem importância absoluta para mim. Não se pode presumir, então, que uma pessoa esteja interessada por algo, mesmo que ela o queira como um fim em si mesmo e, portanto, considere a realização de seu desejo por essa coisa um de seus fins últimos.

Ao traçar e administrar suas vidas, as pessoas têm de enfrentar uma série de questões significativas. Elas precisam decidir o que querem, que coisas querem mais que outras, o que consideram intrinsecamente valioso – e, portanto, digno de se buscar – não apenas como um meio, mas como um fim último, e o que elas de fato vão procurar como fins últimos. Além disso, elas enfrentam mais uma tarefa distinta: precisam determinar aquilo pelo que se interessarão.

6

O que significa, então, interessar-se por algo? Pode ser conveniente abordar esse problema de maneira indireta. Comecemos, pois, considerando o que significaria dizer que *não estamos realmente interessados* em prosseguir com determinado plano que pretendíamos executar.

Podemos dizer algo desse tipo a um amigo que precisa muito de um favor, mas parece hesitar em pedi-lo por saber que, ao prestarmos esse favor a ele, desistiremos de nosso plano. O amigo está embaraçado. Ele reluta em tirar proveito de nossa boa vontade. Na realidade, porém, nós gostaríamos de lhe prestar o favor, queremos facilitar as coisas para que ele faça o pedido. Por isso, dizemos a ele que fazer aquilo que vínhamos planejando não é algo que realmente nos interesse.

Quando desistimos de prosseguir com determinado plano, tomamos uma dentre duas atitudes possíveis. Por um lado, podemos desistir dele sem abandonar por completo o interesse e o desejo que nos levaram a adotá-lo. Por essa via, mesmo depois de decidirmos prestar o favor a nosso amigo, levar adiante nossa intenção inicial pode ser algo que ainda queiramos fazer. Prosseguir com essa intenção passa a ter menos prioridade agora que antes, mas o desejo de fazer aquilo que planejamos persiste. Desse modo, a decisão de renunciar ao plano gera um certo desapontamento ou algum grau de frustração. Em outras palavras, isso nos impõe determinado custo.

Por outro lado, pode ocorrer que, ao desistirmos do plano, abandonemos por completo nosso interesse original nele. Perdemos todo o desejo de levá-lo adiante. Desse modo, realizar aquele desejo deixa completamente de ocupar uma posição na ordem de nossas prioridades. Simplesmente não temos mais aquele desejo. Nesse caso, prestar o favor não nos impõe perda alguma e, por conseqüência, nenhuma frustração, nenhum desapontamento. Não implica nenhum custo. Por isso, não há razão alguma para nosso amigo se sentir desconfortável em nos pedir que lhe façamos o favor, desistindo, com isso, de nosso plano original. É isso o que talvez pretendamos transmitir a ele quando lhe dizemos que de fato não estamos mais empenhados naquilo que planejávamos fazer. Nesse ponto, é preciso um pouco de prudência. Não é possível demonstrar que uma pessoa esteja interessada por algo apenas estabelecendo que seu desejo por esse algo persistiria mesmo que ela decidisse privar-se da satisfação dessa vontade ou adiá-la. Afinal, o desejo talvez seja mantido vivo por sua própria intensidade, e não porque a pessoa deseja particularmente que ele persista. De fato, pode ser que ele persista, a despeito dos esforços conscientes da pessoa para dissipá-lo: ela talvez tenha o infortúnio de se ver às voltas com um desejo que não quer. Nesse caso, embora permaneça aceso e ativo dentro da pessoa, o desejo o faz contra a vontade dela. Em outras palavras, ele não persiste porque a pessoa se interessa por ele, mas unicamente porque ele se impõe a ela.

Por outro lado, quando se interessa por alguma coisa, a pessoa se compromete por vontade própria com seu desejo. O desejo não a incita nem contra sua vontade nem a sua revelia. Ela não é vítima do desejo, nem passivamente indiferente a ele. Pelo contrário, ela mesma deseja ser incitada por ele. Portanto, está preparada para intervir, se for necessário, a fim de assegurar que o desejo persista. Se o desejo tende a se arrefecer ou a vacilar, a pessoa está disposta a renová-lo e a reforçar qualquer que seja o grau de influência que ela pretende que o desejo exerça sobre suas atitudes e sobre seu comportamento.

Portanto, além de querer realizar seu desejo, a pessoa que se interessa por aquilo que deseja também quer algo mais: quer que o desejo persista. Além disso, esse desejo de que seu desejo persista não é uma mera inclinação efêmera. Não é transiente nem acidental. É um desejo com o qual a própria pessoa se identifica e algo que ela aceita como expressão daquilo que realmente quer.

7

Talvez o interesse pelas coisas não se resuma a isso. Por certo é verdade que o interesse admite mais tons e matizes do que esta limitada análise é capaz de explicitar. Mas, se ela ao menos fizer parte de uma exposição acertada, então o fato de que nós realmente nos interessamos por várias coisas será de importância fundamental para o caráter da vida humana.

Suponhamos que não nos interessássemos por nada. Nesse caso, nada faríamos para manter uma unidade temática ou uma coerência em nossos desejos ou nas determinações de nosso arbítrio. Não estaríamos deliberadamente dispostos a sustentar quaisquer interesses ou propósitos particulares. Na verdade, poderia ocorrer que determinado grau de continuidade estável se desse em nossas vidas volitivas. Não obstante, no que diz respeito a nossas próprias intenções e a nosso empenho, isso não passaria de algo fortuito ou irrefletido. A unidade e a coerência não seriam resultado de uma iniciativa ou orientação premeditada de nossa parte. Várias tendências e configurações de nosso arbítrio viriam e passariam; por vezes, durariam um pouco. Contudo, no plano de sua sucessão e persistência, nós mesmos não desempenharíamos nenhum papel definido.

É desnecessário dizer que aquilo que nos interessa particularmente tem uma influência considerável sobre o caráter e a qualidade de nossas vidas. Faz grande diferença determinadas coisas, e não outras, terem importância para nós. Mas o simples fato de *haver* coisas que nos interessam – de que nós realmente nos interessemos por algo – tem um significado ainda mais fundamental. A razão é que esse fato incide não apenas sobre a especificidade individual da vida de determinada pessoa como também sobre sua estrutura básica. Interessar-se é uma atividade imprescindivelmente capital que nos conecta e vincula a nós mesmos. É mediante o interesse pessoal que provemos a nós mesmos de continuidade volitiva e, desse modo, constituímos nossa própria ação e dela participamos. Independentemente do possível grau de coerência ou discrepância das várias coisas pelas quais nos interessamos, interessar-se por algo é essencial para nossa existência como criaturas do gênero humano.

A capacidade de se interessar requer um tipo de complexidade psíquica que parece peculiar aos membros de nossa espécie. Por sua própria natureza, o interesse pessoal se manifesta e depende de nossa capacidade distintiva de ter pensamentos, desejos e atitudes que se *referem a* nossas atitudes, desejos e pensamentos. Em outras palavras, o interesse pessoal deriva do fato de que o espírito humano é *reflexivo*. Os animais de várias espécies inferiores também têm desejos e atitudes. Talvez alguns deles tenham até mesmo pensamentos. Mas os animais dessas espécies – ao menos é o que parece – não são autocríticos. São movidos à ação por impulso ou inclinação, momento a momento, sem a mediação de uma consideração reflexiva ou de um espírito crítico em relação a suas próprias motivações. Dado que lhes falta a capacidade de formar opiniões acerca de si mesmos, não existe para eles a possibilidade nem de auto-aceitação nem de interesse de uma resistência interna ao fato de serem aquilo que são. Eles não conseguem nem se identificar com as forças que os movem nem distanciar a si mesmos dessas forças. São estruturalmente incapazes de intervenções desse teor em suas próprias vidas. Bem ou mal, não estão preparados para se levar a sério.

Por outro lado, a consciência de si, que é característica dos seres humanos, torna-nos suscetíveis a uma divisão interna pela qual nos separamos de nós mesmos e nos objetivamos. Isso nos permite avaliar as forças motivadoras que por acaso nos impelem e determinar quais delas aceitar e a quais delas resistir. Quando várias forças motivadoras entram em conflito dentro de nós, em geral não permanecemos passivos nem neutros no que diz respeito à resolução do conflito. Nós realmente nos levamos a sério. Por conseguinte, costumamos nos situar em um ou outro lado do conflito e tentamos influenciar deliberadamente o resultado. Portanto, o resultado real do combate entre nossos próprios desejos pode vir a ser, para nós, uma vitória ou uma derrota.

8

Criaturas como nós não estão limitadas aos desejos que nos movem à ação. Além do mais, elas têm a capacidade reflexiva de formar desejos acerca de seus próprios desejos – ou seja, tanto acerca do que querem como do que não querem querer. Esses desejos de ordem superior referem-se diretamente não a ações, mas a causas. De modo geral, as pessoas se preocupam com seus motivos; elas querem que suas ações sejam motivadas por certas coisas, e não por outras. Na medida em que descobrem algo de repreensível em suas próprias tendências motivacionais, tentam enfraquecê-las ou opor-lhes resistência. Concordam e identificam-se apenas com alguns dos desejos e das disposições que encontram em si mesmas. Querem que suas ações sejam motivadas por eles, mas não querem que aqueles que consideram indesejáveis levem-nas efetivamente a agir.

Por vezes, mesmo à custa de esforços extenuantes da consciência, as pessoas não conseguem evitar a influência de desejos que, se elas pudessem escolher, não seriam tão eficientes em termos motivacionais. Por exemplo, alguém pode agir por ciúme, ou por desejo de vingança, embora desaprove esses motivos, preferindo firmemente não ser movido por eles. Ocorre, infelizmente, que a força desses desejos é grande demais para que ele possa resistir; no fim, o indivíduo sucumbe. Apesar da resistência, o desejo importuno é bastante capaz de mover a pessoa a agir. Dado que ela resistiu tanto quanto pôde, pode haver certa razão em afirmar que o desejo a moveu – e que, por conseguinte, ela agiu – contra sua própria vontade.

Há ocasiões, é claro, em que os desejos pelos quais uma pessoa se deixa motivar ao agir são desejos pelos quais lhe agrada completamente ser motivada. Por exemplo, ela pode ser efetivamente movida pelo desejo de ser generosa, e esse motivo pode ser bem recebido por ela; esse pode ser o verdadeiro desejo pelo qual, dadas as circunstâncias, ela gostaria que sua conduta fosse regida. Nesse caso, ao realizar o ato generoso, ela não está apenas fazendo justo aquilo que quer fazer e, nesse sentido, agindo livremente. Também é verdade que ela está desejando em liberdade, no sentido análogo de que aquilo que ela deseja ao agir – ou seja, ser generosa – é justo aquilo que ela quer querer.

Suponhamos agora que alguém esteja desempenhando uma ação que deseja desempenhar; suponhamos ainda que seu motivo para desempenhar tal ação é um motivo pelo qual ela quer ser verdadeiramente motivada. Não há como essa pessoa se mostrar relutante ou indiferente, tanto no que diz respeito ao que está fazendo como com respeito ao desejo que a leva a fazê-lo. Em outras palavras, nem a ação nem o desejo que a motiva lhe são impostos contra sua própria vontade ou sem sua aceitação. Tanto no que se refere a uma coisa como à outra, ela não é uma espectadora passiva nem uma vítima.

Acredito que, nessas condições, a pessoa desfruta de tanta liberdade quanto nos é razoável desejar. De fato, parece-me que ela está desfrutando de tanta liberdade quanto nos é possível conceber. É o mais próximo do livre-arbítrio a que seres finitos, que não criam a si mesmos, podem aspirar inteligivelmente chegar[5].

As pessoas querem que alguns de seus desejos levem-nas a agir e costumam ter alguns outros desejos que prefeririam ver inoperantes em termos motivacionais. E também se preocupam com seus desejos de outras maneiras. Portanto, querem que apenas alguns de seus desejos persistam; mantêm-se indiferentes, ou até mesmo deliberadamente antagônicas, à persistência de outros. Essas possibilidades alternativas – compromisso ou ausência de compromisso com seus próprios desejos – definem a diferença entre interessar-se e não se interessar. O fato de uma pessoa se comprometer ou não com o objeto de seu desejo depende de qual alternativa prevalecerá[6].

9

Há muitas coisas que se tornam importantes para nós, ou que vêm a ser mais importantes para nós do que normalmente seriam, unicamente por força do fato de que nos interessamos

---

5   Dado que não criamos a nós mesmos, tem de haver alguma coisa em nós cuja causa não se resume a nós mesmos. Em minha opinião, o problema crítico, no que diz respeito a nosso interesse pela liberdade, não é se os acontecimentos em nossas vidas volitivas são determinados causalmente por condições externas. O que de fato importa, no que toca à questão da liberdade, não é a independência causal. É a autonomia. A autonomia é essencialmente uma questão de saber se somos ativos, e não passivos, em nossas motivações e escolhas – se, não importando como as obtemos, elas são as motivações e as escolhas que realmente queremos e, portanto, não nos são, de modo algum, alheias.
6   As vidas interiores dos seres humanos são obscuras, não apenas para os outros, mas também para eles mesmos. As pessoas são evasivas. Nossa tendência é desconhecer em grande parte nossas próprias atitudes, desejos e também aquilo com que nos comprometemos de verdade. Portanto, é bom não esquecer que uma pessoa pode se mobilizar bastante por uma coisa sem compreender que está mobilizada por ela. Também é possível que alguém não se mobilize nem um pouco por determinadas coisas, mesmo que acredite, com toda a sinceridade, considerar tais coisas extremamente importantes.

por elas. Se não nos interessássemos por essas coisas, elas teriam muito pouca ou nenhuma importância para nós. Pensemos, por exemplo, nas pessoas que são nossas amigas. Elas seriam consideravelmente menos importantes para nós se não tivéssemos nos interessado tanto por elas. O sucesso de um time de basquetebol tem certa importância para seus patrocinadores, para os quais o sucesso da equipe não teria importância alguma se eles, por acaso, não tivessem um mínimo de interesse pelo time.

Nem é preciso dizer que muitas coisas nos são importantes, apesar do fato de não reconhecermos tal importância e de, por conseguinte, não nos interessarmos por elas. Há, por exemplo, muitas pessoas que não fazem idéia de que estão expostas à radiação de fundo e que nem sequer têm noção de que algo assim existe. Essas pessoas, é claro, não estão interessadas no nível de radiação de fundo ao qual estão expostas. Disso não se pode concluir que o nível de radiação ao qual estão expostas não tem importância para elas. Ele *é* importante, quer elas saibam algo a respeito disso ou não.

Contudo, as coisas que são importantes para uma pessoa, apesar do fato de ela realmente não se interessar por isso, ou até mesmo de nada saber a seu respeito, podem ter importância simplesmente pelo fato de estabelecerem uma certa relação com algo pelo qual ela *de fato* se interessa. Suponhamos que uma pessoa realmente não se interesse nem um pouco pela própria saúde, nem pelos efeitos que a radiação possa vir a produzir. Suponhamos que ela realmente seja indiferente ao fato de o ambiente, outras pessoas ou ela mesma serem ou não afetados desse modo. Nesse caso, o nível de radiação de fundo não é importante para ela. Na verdade, não lhe importa em nada; ela não tem razão para se interessar por tal coisa. Naquilo que lhe diz respeito, não faz a mínima diferença se o nível está alto ou baixo. Isso só tem importância para as pessoas que se interessam pela magnitude da radiação, seja em relação a si mesmas, seja no que se refere às condições pertinentes com as quais esse nível está relacionado. Se existisse uma pessoa que não se interessasse por nada, então nada seria importante para ela[7]. Ela não se envolveria na própria vida: despreocupada com a coerência e a continuidade de seus desejos, negligente com sua identidade volitiva e, nesse aspecto, indiferente a si mesma. Nada que fizesse ou sentisse e nada que acontecesse importariam para ela. Talvez ela até *acreditasse* interessar-se por certas coisas, e que essas coisas tivessem importância; contudo, hipoteticamente, ela estaria errada. Ela poderia ainda, é claro, ter vários desejos, e alguns desses desejos poderiam ser mais fortes que outros; mas ela não teria interesse algum naquilo que, de um momento para outro, seus desejos e preferências passariam a ser. Mesmo que se pudesse dizer que essa pessoa tem uma vontade, dificilmente se poderia dizer que sua vontade genuinamente lhe pertence.

10

É nos interessando pelas coisas que infundimos importância ao mundo. E isso nos confere ambições e preocupações estáveis, define nossos interesses e propósitos. A importância criada por nosso interesse define a infra-estrutura de padrões e metas segundo a qual tentamos conduzir nossas vidas. A pessoa que se interessa por algo é guiada – assim como suas ações e atitudes são modeladas – por seu interesse contínuo nesse algo. Na medida em que ela se interessa por certas coisas, isso determina como

---

7 Isso deixa pendente a questão, que responderei no momento certo, de existirem ou não certas coisas que *deveriam ser* importantes para ela e com as quais ela *deveria* se preocupar.

ela considera importante conduzir sua vida. A totalidade das diversas coisas pelas quais uma pessoa se interessa – ao lado da ordem de importância que ela mesma estabelece para essas coisas – especifica efetivamente sua resposta à questão de como viver.

Agora, suponhamos que ela se pergunte se tem razão. Isto é, suponhamos que, de alguma maneira, ela passe a se preocupar com a possibilidade de dever realmente se interessar pelas coisas que, aliás, na verdade lhe interessam. Trata-se de uma preocupação com as razões. Ao indagar se deve conduzir a própria vida com base naquilo pelo que de fato se interessa, ela pergunta se há razões boas o suficiente para justificar esse modo de vida, e se não haveria razões ainda melhores para que ela viva de modo diverso.

Tentar entender essa questão pode muito bem nos deixar mais confusos do que Sócrates ficou ao confrontar o fato supostamente paradoxal de que uma pessoa pode se tornar mais baixa que outra sem mudar de estatura. De fato, uma vez que comecemos a indagar como as pessoas *devem* viver, nos veremos indefesos em meio a um turbilhão. O problema maior não é a dificuldade da questão. Sim, fazer a pergunta costuma nos deixar desorientados, porque ela é inevitavelmente auto-referencial e nos leva a um círculo infindável. Nenhuma tentativa de lidar com o problema daquilo pelo que temos boas razões para nos interessar – e de lidar com isso sistematicamente, em todos os aspectos – pode chegar a bom termo. As tentativas de conduzir uma investigação racional dessa questão conhecerão uma inevitável derrota e se voltarão contra si mesmas.

E não é difícil ver por quê. A fim de conduzir uma avaliação racional de determinado modo de vida, a pessoa precisa primeiro saber de que critérios de avaliação lançar mão e como utilizá-los. Ela necessita saber que considerações favorecem a decisão de viver de certo modo, e não de outro, que considerações são contrárias e os pesos relativos de cada uma delas. Por exemplo, deve estar claro para ela como avaliar o fato de que determinado modo de vida leva, mais que outros (ou menos que outros), à satisfação pessoal, ao prazer, ao poder, à fama, à criatividade, à profundidade espiritual, à relação harmoniosa com os preceitos religiosos, à conformidade com as exigências da moralidade, e assim por diante.

O problema, nesse caso, é claramente uma espécie óbvia de circularidade. Para que uma pessoa seja minimamente capaz de conceber e iniciar uma investigação sobre como viver, ela já precisa ter estabelecido os juízos almejados pela investigação. Identificar a questão de como se deve viver – isto é, entender exatamente o que é essa pergunta e como proceder para dar-lhe resposta – requer que se especifiquem os critérios de que se deve lançar mão para avaliar os vários modos de viver. Identificar a pergunta, sem dúvida, equivale a especificar esses critérios: o que a pergunta indaga é exatamente que modo de vida irá satisfazê-los melhor. Mas identificar os critérios a serem utilizados na avaliação dos vários modos de viver também equivale a responder a questão de como viver, porque a resposta a essa pergunta é simplesmente que se deve viver do modo que satisfaça melhor os critérios empregados na avaliação da vida.

Esclarecer que tipo de pergunta a investigação deve explorar consiste em identificar os critérios com base nos quais a exploração será conduzida. Mas isso equivale a ratificar os juízos acerca daquilo que torna uma vida preferível a outra, que é o objetivo da investigação. Pode-se dizer, então, que a pergunta é *sistematicamente incompleta*. Será impossível identificar com exatidão a pergunta, ou distinguir como prosseguir com a investigação, até que a resposta à pergunta seja conhecida.

Eis outro modo de apresentar a dificuldade. Algo só é importante para alguém em virtude da diferença que faz. Se tudo pudesse ser exatamente igual com ou sem essa coisa, então não faria sentido alguém se interessar por ela. Ela de fato não teria importância alguma. Claro que não basta ela simplesmente fazer *alguma* diferença. Afinal de contas, tudo faz alguma diferença, mas nem tudo é importante. Se algo deve ser importante, é óbvio que a diferença que esse algo faz não pode ser de todo irrelevante. A coisa não pode ser tão trivial a ponto de ser razoável ignorá-la por completo. Em outras palavras, tem de ser algum tipo relevante de diferença. Para que uma pessoa saiba determinar o que é importante para si, ela precisa saber previamente como identificar as coisas que, para ela, fazem diferença de uma maneira relevante. Formular um critério de importância pressupõe a posse do próprio critério que deverá ser formulado. A circularidade é, ao mesmo tempo, inevitável e fatal.

11

Não pode haver uma investigação organizada sobre a questão das razões do viver, porque a questão prévia de como identificar e avaliar as razões pertinentes à decisão de como alguém deve viver não pode ser resolvida antes de se definir como alguém deve viver. Em outras palavras, a questão de pelo que alguém deve se interessar já precisa ter sido respondida antes que uma investigação conduzida de maneira racional, com o objetivo de respondê-la, possa ter curso. É verdade, claro, que, depois de ter identificado *algumas* coisas como importantes, a pessoa será prontamente capaz de, a partir dessa base, identificar outras. O fato de ela se interessar por certas coisas provavelmente lhe permitirá reconhecer que seria razoável interessar-se também por várias outras coisas relacionadas. O que *não* é possível é uma pessoa que ainda não se interessa ao menos por *alguma coisa* descobrir razões para se interessar por qualquer coisa. Ninguém se faz por si próprio. Isso significa que a questão mais básica e essencial que uma pessoa deve suscitar a respeito da condução da própria vida não pode ser a questão *normativa* de como ela *deve* viver. Essa pergunta só pode ser feita sensatamente com base em uma resposta prévia à questão *factual* daquilo pelo que ela realmente se interessa. Se não se interessa por nada, ela não pode nem começar a investigar metodicamente como deve viver, porque esse seu interesse por nada implica que nada lhe parece uma boa razão para viver de certo modo e não de outro. Nesse caso, na verdade, o fato de ela ser incapaz de determinar como deve viver talvez não lhe cause a mínima aflição. Afinal de contas, se nada há que ela considere importante, ela tampouco considerará *isso* importante.

Não obstante, o fato é que quase todo mundo se interessa por algo. Por exemplo, quase todo mundo se interessa por continuar vivo, por evitar ferimentos graves, doenças, fome e várias modalidades de sofrimento e transtorno psíquicos; as pessoas se interessam pelos próprios filhos, pelo próprio sustento e por aquilo que os outros pensam delas. Elas também se interessam, é óbvio, por muitas outras coisas. Quase todo mundo tem seus bons motivos para preferir um modo de vida a outro.

Além disso, determinadas considerações, que constituem boas razões para essas preferências, são as mesmas para quase todo mundo. Não se trata de uma coincidência, nem de um artefato produzido por um conjunto especial de condições culturais ou históricas. As pessoas se interessam em grande parte pelas mesmas coisas porque as naturezas dos seres humanos e as condições básicas da vida humana fundamentam-se em fatos biológicos, psicológicos e ambientais que não estão sujeitos a grande variação ou mudança[8].

Entretanto, poderia parecer que uma exposição empírica daquilo pelo que as pessoas de fato se interessam e do que consideram relevantes para si mesmas – mesmo que todas essas coisas fossem absolutamente iguais e tivessem prioridades idênticas para todos – desvirtuaria nossa preocupação original com o problema de que tipo de vida se deve viver. De que maneira uma exposição puramente factual como essa poderia diminuir – que dirá mitigar em definitivo – nossa perturbadora incerteza inicial acerca de como conduzir nossas vidas? Ao que parece, apenas saber como as coisas são em nada as justifica. Por que o fato de as pessoas costumarem utilizar determinados critérios para avaliar alternativas – ou de sempre fazerem tal coisa – deve ser considerado suficiente para estabelecer que esses são os critérios de utilização mais razoável? Conhecer o *status quo* dificilmente parece nos dar, por si só, uma razão boa o bastante para aceitá-lo.

Contudo, precisamos entender que a ambição de fornecer um fundamento exaustivamente racional para o modo de conduzirmos nossas vidas está equivocada. A ilusão pan-racionalista de demonstrar – em todos os aspectos – de que modo temos mais razão para viver é incoerente e tem de ser abandonada. Não é a questão factual do interesse que é equivocada, e sim a questão normativa. Para resolvermos nossas dificuldades e dúvidas no estabelecimento de um modo de vida, nossa necessidade mais fundamental não serão razões nem provas. Serão a clareza e a confiança. Enfrentar nossa incerteza agitada e indócil acerca de

---

[8] Naturalmente, as pessoas diferem um pouco em suas prioridades. Embora muitas coisas sejam importantes para quase todo mundo, as preferências e prioridades das pessoas acerca das coisas pelas quais elas se interessam não são, de modo algum, as mesmas.

como viver não exige que descubramos qual modo de vida pode ser justificado com um argumento definitivo. Exige-nos, sim, entender simplesmente pelo que nos interessamos de fato e confiar decidida e profundamente nesse interesse[9].

12

O grau de fundamentação da confiança em nossas convicções, atitudes ou modos de agir depende, em geral, de maneira muito apropriada, do vigor das razões nas quais a confiança se baseia. Em alguns assuntos, contudo, seria ridiculamente equivocado insistir em que a confiança só é apropriada na medida em que se alicerça em razões. Por exemplo, as pessoas normais, como regra, não hesitam quando se trata de demonstrar interesse pela própria sobrevivência ou pelo bem-estar de seus filhos. Nós nos interessamos por essas coisas sem inibição ou reservas, sem ansiedade alguma acerca da possibilidade de demonstrar se é adequado agirmos assim[10]. Não presumimos que a inabalável confiança que costuma caracterizar nossas atitudes em relação a essas coisas realmente dependa – nem presumimos que tenha de depender – da convicção de que a confiança pode ser justificada por argumentos racionais e irresistíveis.

Talvez existam argumentos assim, mas isso não é relevante. O fato de em geral as pessoas não hesitarem ao se comprome-

---

9   Não se pode confundir confiança com fanatismo ou mente estreita. Até mesmo a pessoa mais decidida e profundamente confiante talvez reconheça que é possível deparar com provas ou experiências novas, capazes de fazê-la mudar suas atitudes ou convicções. Sua confiança pode indicar que ela considera tal mudança improvável, mas não significa que essa pessoa esteja determinada a impedi-la.

10 Na verdade, podemos hesitar quanto à magnitude do interesse, ou diante da possibilidade de nos interessarmos mais por uma coisa ou outra. Contudo, estamos certos de que nossas vidas e nossos filhos são importantes para nós, mesmo que não saibamos exatamente quão importantes queremos que eles sejam.

terem com a continuidade de suas vidas e o bem-estar de seus filhos não é fruto de nenhuma consideração efetiva das razões para tanto; nem depende da hipótese de que seria possível encontrar boas razões. Esses compromissos nos são inatos. Eles não se baseiam na deliberação. Não são resposta a nenhum imperativo de racionalidade.

Os imperativos aos quais eles de fato respondem baseiam-se em uma fonte constituída não por juízos e razões, mas por um modo particular de se interessar pelas coisas. São os imperativos do amor. A base de nossa confiança no interesse por nossos filhos e nossas vidas está no fato de que, em virtude das necessidades implantadas biologicamente em nossa natureza, amamos nossos filhos e amamos viver. Geralmente continuamos a amá-los até mesmo quando eles nos decepcionam ou quando nos trazem sofrimentos. Muitas vezes continuamos a amá-los mesmo quando nos convencemos de que esse amor é excessivo[11].

Nem todas as pessoas amam as mesmas coisas. O fato de eu amar minha vida e meus filhos não implica que eu ame sua vida e seus filhos. Além do mais, é provável que certas pessoas amem sincera e genuinamente coisas que nós mesmos tememos ou desprezamos. Isso é um problema. Mas não se deve supor que somos incapazes de lidar com ele de maneira sensata e eficaz sem arregimentar provas e argumentos. Na verdade, não precisamos, de fato, decidir quem tem razão.

O problema, para nós, é proteger nossos filhos e nossas vidas. Um modo de fazer isso, é claro, seria convencer nossos opo-

---

11 É possível, claro, que nossa presteza em obedecer aos imperativos do amor seja abalada por experiências ou pensamentos que consideramos razões suficientes para nos interessarmos menos por nossos filhos ou nossas vidas. Afinal de contas, há pessoas que se voltam contra seus filhos e algumas chegam a optar por acabar com a própria vida. O fato de elas pensarem que têm boas razões para deixar de amar a vida ou para deixar de amar seus filhos não significa que a razão tenha determinado ou garantido o amor enquanto ele durou.

nentes de que eles estão errados. Mas, sem dúvida alguma, não podemos contar com nossa capacidade de, por meio de métodos racionais, neutros e universalmente aceitáveis, convencê-los de que cometeram um erro. Isso não implica que, por conseguinte, doravante, seja desarrazoado defender aquilo que amamos contra aqueles que o ameaçam, ou que não estejamos certos em zelar por seus interesses a despeito da resistência ou da indiferença daqueles que não se empolgam com a mesma coisa.

Não julgamos desarrazoadas nem injustificadas as ações dos pais que persistem em amar e proteger seus filhos com uma confiança e uma devoção inabaláveis, mesmo depois de descobrirem que seus filhos despertam a aversão ou o desdém de outras pessoas. Nem é costume condenar esses pais por agirem assim, mesmo quando são totalmente incapazes de defender com argumentos plausíveis – e muito menos de provar – que a hostilidade contra seus filhos não tem razão de ser. Não achamos que uma pessoa está sendo irracionalmente estúpida, ou que seu comportamento é repreensivelmente arbitrário, quando ela insiste em defender sua própria vida, mesmo não conseguindo refutar as acusações levantadas contra ela por aqueles que a querem morta.

Por que deveríamos nos sentir, por menos que fosse, embaraçados pela impossibilidade de mobilizar justificativas rigorosamente demonstrativas de nossos ideais morais ou da importância avassaladora de outras coisas que amamos? Por que a indisponibilidade de razões decisivas de fundamentação deveria abalar nossa confiança na visão de vida definida por aquilo que nos interessa, ou inibir nossa disposição de contrariar aqueles cuja visão do que é importante ameaça nossa própria visão? Por que não deveríamos nos sentir felizes em lutar por aquilo que amamos de todo o coração, mesmo quando não há bons argumentos para mostrar que é mais correto amarmos essa coisa do que amarmos outras?

13

Até agora, tratei de caracterizar aquilo a que me refiro como "amor" apenas como um modo particular de interesse. No próximo capítulo, tentarei explicar melhor o que tenho em mente. Está claro que a categoria do amor é notoriamente difícil de elucidar[12]. Contudo, minha tarefa será relativamente exeqüível, visto que não pretendo apresentar nada parecido com uma exposição analítica exaustiva da gama complexa e diversa de condições às quais o termo "amor" em geral se refere. A maneira como emprego o termo coincide com parte desse espectro, mas não tem a intenção de coincidir com sua totalidade. Portanto, preciso definir apenas o conjunto mais limitado de fenômenos especialmente pertinente a minha discussão. Algumas características, que se destacam em várias outras condições que costumam ser chamadas de "amor" e que podem até definir essas condições, não são essenciais a esses fenômenos. Por conseqüência, estão excluídas de minha exposição.

---

12 A perspectiva de tentar identificá-la com um pouco de precisão me faz pensar em um conselho inquietante que me parece ter sido oferecido por Niels Bohr. Conta-se que ele advertiu que ninguém deve falar mais claramente do que pensa.

2
Sobre o amor e suas razões

1

Recentemente, os filósofos andam se interessando por questões que tratam da possibilidade de nosso comportamento ser invariável e estritamente guiado por princípios morais universais, que aplicaríamos de maneira imparcial a todas as situações; ou da possibilidade de uma espécie ou outra de favoritismo ser, por vezes, razoável. De fato, nem sempre achamos necessário ou importante sermos meticulosamente imparciais. A situação nos toca de maneira diferente quando estão em jogo nossos filhos, nossos países ou nossas mais caras ambições pessoais. Em geral, achamos apropriado, quando não até mesmo obrigatório, favorecer determinadas pessoas em vez de outras, que podem ser tão ou mais merecedoras, mas com as quais mantemos um relacionamento mais distante. De maneira similar, muitas vezes nos consideramos mais autorizados a preferir o investimento de nossos recursos em projetos aos quais nos dedicamos com mais devoção do que em outros de maior mérito intrínseco, mesmo que o reconheçamos de imediato. O problema sobre o qual os filósofos se debruçam não é tanto determinar se preferências desse tipo são sempre legítimas, e sim explicar em que condições e de que modo elas podem ser justificadas.

Nesse sentido, um exemplo bastante debatido é o do homem que vê duas pessoas a ponto de se afogar. Ele só pode salvar uma delas e é obrigado a decidir qual das duas tentará salvar. A primeira é alguém que ele não conhece. A segunda é sua mulher. Naturalmente, é difícil pensar que o homem deveria decidir por meio de um mero cara ou coroa. Temos uma forte tendência a crer que seria muito mais adequado para ele, em uma situação como essa, deixar de lado todas as considerações de imparcialidade ou eqüidade. É claro que o homem deve resgatar sua mulher. Mas qual é seu fundamento para tratar de maneira tão desigual as duas pessoas em risco? Que princípio aceitável o homem pode invocar para legitimar sua decisão de deixar o estranho se afogar?

Um dos mais interessantes filósofos contemporâneos, Bernard Williams, sugere que o homem já erra de saída se acha ter a obrigação de procurar um princípio a partir do qual possa inferir que, nas circunstâncias em que se encontra, é permitido salvar a esposa. Em vez disso, diz Williams: "É [...] de se esperar [...] que seu pensamento motivador, claramente explícito, seja [apenas] o pensamento de que se trata de sua esposa". Se juntar a esse o pensamento ulterior de que, em situações desse tipo, é *permitido* salvar a esposa, o homem – Williams adverte – estará "pensando além da conta". Em outras palavras, há algo de suspeito na idéia de que, quando sua esposa está se afogando, o homem precisa se apoiar em alguma regra geral da qual possa extrair uma razão que justifique sua decisão de salvá-la[1].

---

1 Bernard Williams, "Persons, character and morality", em *Moral luck* (Cambridge, Mass., Cambridge University, 1981), p. 18.

2

Tenho grande simpatia pela linha de raciocínio de Williams[2]. Não obstante, o exemplo que ele apresenta está significativamente fora de foco. Não pode funcionar do modo como ele pretende se o que ele estipula acerca de uma das pessoas que estão para se afogar é apenas o fato de ela ser a mulher do homem. Afinal, suponhamos que, com muita razão, o homem deteste e tema sua esposa. Suponhamos que ela também o deteste e que, nos últimos tempos, tenha tentado matá-lo várias vezes, com uma determinação perversa. Ou suponhamos ainda que a união não passe de um casamento de conveniência calculadamente arranjado e que eles nunca tenham dividido o mesmo aposento, exceto durante a breve e mecânica cerimônia de matrimônio trinta anos antes. Certamente, é equivocado especificar apenas um mero relacionamento legal entre o homem e a mulher prestes a se afogar.

Deixemos de lado, então, a questão do estado civil e, em vez disso, estipulemos que o homem do exemplo *ame* uma das duas pessoas em vias de se afogar (e não a outra). Nesse caso, sem dúvida seria uma incongruência ele procurar uma razão para salvá-la. Se de fato a ama, então ele já tem necessariamente essa razão. Essa pessoa simplesmente está em apuros e necessita da ajuda dele. Em si mesmo, o fato de amá-la implica que ele considera

---

2 Tenho reservas a alguns pormenores. Primeiro, não posso deixar de perguntar por que o homem teria de parar para pensar que se trata de sua mulher. Devemos imaginar que, de início, ele não a reconheceu? Ou imaginar que, de início, ele esqueceu que eram casados e foi obrigado a se lembrar disso? Parece-me que o número estritamente correto de pensamentos para esse homem é zero. Sem dúvida alguma, o normal seria ele ver o que está acontecendo dentro d'água e pular para salvar sua mulher. Sem a menor atividade de raciocínio. Nas circunstâncias que o exemplo descreve, qualquer pensamento está além da conta.

o tal perigo uma razão mais forte para ir em seu auxílio do que para socorrer alguém sobre quem ele nada sabe. A necessidade da amada de ser socorrida dá ao homem essa razão, sem exigir que ele pense em qualquer outra consideração e sem a interposição de uma regra geral. Considerar esse tipo de coisa seria, sem dúvida, pensar além da conta. Se o homem não reconhece o perigo que corre a mulher que ele ama como uma razão para salvá-la, e não ao estranho, é porque ele não a ama verdadeiramente. Em essência, amar alguém ou algo *significa* ou *consiste em*, entre outras coisas, considerar os interesses daquilo que se ama razões para se pôr a serviço desses mesmos interesses. O próprio amor é, para quem ama, uma fonte de razões. Ele gera as razões que inspiram os atos de cuidado amoroso e devoção do amante[3].

3

O amor costuma ser entendido fundamentalmente como uma resposta ao mérito que se percebe no amado. Por conta disso, somos levados a amar algo ao avaliarmos aquilo que consideramos ser seu valor intrínseco excepcional. O encanto desse valor é o que nos cativa e nos transforma em amantes. Começamos a amar as coisas que amamos porque nos impressionamos com seu valor e continuamos a amá-las por conta de seu valor. Se não considerássemos o amado valioso, não o amaríamos.

Isso talvez condiga com alguns casos daquilo que costuma ser identificado como amor. Contudo, o tipo de fenômeno que tenho em mente quando me refiro ao amor é, em essência, outra coisa. Da maneira como o estou interpretando, o amor não é

---

3 Que é exatamente como o amor faz o mundo girar.

necessariamente uma resposta baseada na consciência do valor intrínseco de seu objeto. Às vezes, ele pode surgir desse modo, mas não obrigatoriamente. O amor pode ser provocado – de maneiras muito mal compreendidas – por uma variedade díspar de causas naturais. É perfeitamente possível que uma pessoa seja levada a amar algo sem se dar conta de seu valor, ou sem se impressionar com seu valor, ou a despeito de reconhecer que não há nada de especialmente valioso naquilo. É possível até mesmo que uma pessoa venha a amar algo apesar de reconhecer que sua natureza intrínseca é verdadeira e inteiramente má. Essa espécie de amor é, sem dúvida alguma, um infortúnio. E, não obstante, coisas desse tipo acontecem.

É bem verdade que, invariavelmente, o amado *é* de fato valioso para o amante. Contudo, perceber esse valor não é, de modo algum, uma condição *justificativa* ou *formativa* indispensável para o amor. Não é preciso haver uma percepção de valor naquilo que ele ama para que o amante seja levado a amar. O relacionamento verdadeiramente essencial entre o amor e o valor do amado vai em direção oposta. Não amamos as coisas necessariamente como *resultado* do fato de reconhecermos seu valor ou de nos encantarmos com ele. Não, aquilo que amamos *adquire* necessariamente valor *porque* nós o amamos. O amante percebe o amado, necessária e invariavelmente, como algo valioso, mas o valor que vê nele deriva e depende de seu amor.

Pensemos no amor dos pais por seus filhos. Posso declarar com inequívoca confiança que não amo meus filhos por reconhecer neles algum valor intrínseco, à revelia do amor que tenho por eles. O fato é que eu os amava mesmo antes de eles nascerem – antes de eu ter qualquer informação relevante sobre suas características pessoais ou sobre seus méritos e virtudes particulares. Além disso, não acredito que as qualidades valiosas que eles porventura possuam, estritamente por mérito próprio, de fato me proporcionariam uma base convincente para considerá-los mais merecedores que muitos outros possíveis objetos de amor que eu, de fato, amo muito menos. Para mim, está perfeitamente claro que não os amo mais que a outras crianças por acreditar que eles são melhores.

Às vezes, falamos de pessoas ou coisas "indignas" de nosso amor. Talvez isso signifique que amá-las seria mais custoso do que benéfico; ou talvez signifique que amar tais coisas seria, de algum modo, aviltante. Em todo caso, se eu me perguntar se meus filhos são dignos de meu amor, minha inclinação empática será rejeitar a pergunta por considerá-la equivocada. Não porque fique claramente implícito que meus filhos *são* dignos. É porque meu amor por eles não é, de modo algum, uma resposta a uma avaliação, seja em relação a eles ou às conseqüências de amá-los. Se meus filhos por acaso se tornarem maus e cruéis, ou se ficar patente que amá-los, em alguma medida, ameaça minha esperança de levar uma vida decente, talvez eu venha a reconhecer que meu amor por eles era lamentável. Mas tenho a impressão de que, depois de finalmente reconhecer isso, eu continuaria a amá-los de alguma maneira.

Não é, então, por ter percebido o valor de meus filhos que eu os amo da maneira que amo. Observo, é claro, que eles têm valor; no que me diz respeito, o valor deles, de fato, não tem medidas. Esse, porém, não é o fundamento de meu amor. Trata-se justo do contrário. O valor particular que atribuo a meus filhos não lhes é intrínseco: antes depende de meu amor por eles. A razão pela qual eles são tão preciosos para mim é simplesmente porque os amo demais. Quanto à tendência geral dos seres humanos de amar seus filhos, a explicação parece residir nas pressões evolutivas da seleção natural. De todo modo, é claramente *por conta* de meu amor por meus filhos que eles adquiriram, a meus olhos, um valor que por certo não possuiriam de outro modo.

Essa relação entre o amor e o valor do amado – a saber, que o amor não se fundamenta necessariamente no valor do amado, mas necessariamente torna o amado valioso para o amante – vale não só para o amor parental como para todas as formas de amor[4]. E, o que talvez seja mais profundo, é o amor que responde pelo valor que a própria vida tem para nós. Em geral, nossas vidas têm para nós um valor aceito como imperiosamente categórico. Além disso, o valor que viver tem para nós se propaga universalmente. Ele condiciona de maneira radical o valor que atribuímos a muitas outras coisas. É um poderoso gerador de valor – e, sem dúvida, amplamente fundamental. Há inúmeras coisas pelas quais nos interessamos bastante e que, por conseguinte, são muito importantes para nós, só por causa da maneira como influenciam nosso interesse em sobreviver.

Por que é que nós, tão naturalmente e com uma segurança tão inquestionável, consideramos a autopreservação uma razão incomparavelmente legítima e convincente para seguirmos certos cursos de ação? Sem dúvida alguma, não atribuímos essa importância avassaladora a nos manter vivos porque acreditamos haver um grande valor intrínseco em nossas vidas, ou naquilo que estamos fazendo com elas – um valor independente de nos-

---

4 Existem alguns objetos de amor – alguns ideais, por exemplo – que, em muitas instâncias, parecem ser amados devido a seu valor. Contudo, não é imperioso que o amor por um ideal se origine ou se justifique desse modo. Afinal, uma pessoa pode vir a amar a justiça, a verdade ou a retidão moral muito cegamente, pelo simples fato de ter sido criada dessa maneira. Além do mais, em geral não são considerações de valor que determinam o fato de uma pessoa vir a se dedicar altruisticamente a um ideal ou valor, e não a outro. O que leva as pessoas a se interessarem mais pela verdade do que pela justiça, ou mais pela beleza do que pela moralidade, ou mais por uma religião do que por outra, não costuma ser uma avaliação prévia de que aquilo que elas mais amam tem um valor intrínseco maior do que aquilo pelo que elas menos se interessam.

sas próprias atitudes e disposições. Mesmo quando nos consideramos o máximo e supomos que nossas vidas podem realmente ser valiosas, em geral não é por isso que estamos tão determinados a nos agarrar a elas. Vemos o fato de que determinado curso de ação poderia contribuir para nossa sobrevivência como uma razão para segui-lo apenas porque – mais uma vez, supostamente graças à seleção natural – temos o temperamento inato de amar a vida.

4

Agora, deixem-me tentar explicar aquilo que tenho em mente quando falo de amor neste livro.

O objeto do amor costuma ser um indivíduo concreto: por exemplo, uma pessoa ou um país. Também pode ser algo mais abstrato: por exemplo, uma tradição, ou um ideal moral ou amoral. Em geral, há uma urgência e um colorido emocional maior no amor quando o amado é um indivíduo do que quando se trata de algo como a justiça social, a verdade científica, a maneira como determinada família ou certo grupo cultural faz as coisas; mas nem sempre é esse o caso. De todo modo, não está entre as características definidoras do amor que ele deva ser mais ardente que moderado.

Uma das características distintivas do amor está relacionada ao status particular do valor atribuído a seus objetos. Na medida em que nos interessamos por alguma coisa, nós a consideramos importante para nós mesmos; mas talvez consideremos que ela tem essa importância apenas porque a vemos como um meio de obter outra coisa. Quando amamos algo, contudo, vamos além. Nós nos interessamos por aquilo não apenas como um mero meio, mas como um fim. É da natureza do amor considerarmos seus objetos, por si só, valiosos e importantes.

O amor é, principalmente, uma preocupação *desinteressada* pela existência daquilo que se ama e por tudo o que é bom para o amado. O amante deseja que seu amado prospere e não sofra dano algum; e não deseja isso apenas com a finalidade de promover outro propósito. Uma pessoa pode se interessar pela justiça social apenas porque ela reduz a probabilidade de ocorrência de revoltas; e alguém pode se interessar pela saúde de outra pessoa apenas porque ela não lhe será de nenhuma utilidade se não estiver em boas condições físicas. Para o amante, a condição de seu amado é importante por si só, independentemente de toda e qualquer implicação que ela possa ter em outras questões.

O amor pode envolver fortes sentimentos de atração, que o amante corrobora e racionaliza com descrições elogiosas do amado. Além disso, os amantes muitas vezes desfrutam a companhia de seus amados, prezam vários tipos de relação íntima com eles e anseiam por reciprocidade. Esses entusiasmos não são essenciais. Assim como não é essencial que uma pessoa goste daquilo que ama. Ela pode até achá-lo detestável. Assim como em outras modalidades de interesse, o cerne da questão não é afetivo nem cognitivo. É volitivo. Amar algo tem menos a ver com aquilo em que alguém acredita, ou com o modo como ele se sente, e mais com uma configuração da vontade que consiste em um interesse prático por aquilo que é bom para o amado. Essa configuração volitiva dá forma às disposições e à conduta do amante com respeito àquilo que ele ama, guiando-o no planejamento e na ordenação de seus propósitos e prioridades mais relevantes.

É importante não confundir o amor – circunscrito pelo conceito que estou em vias de definir – com a paixão momentânea, a luxúria, a obsessão, a possessividade e a dependência em suas várias formas. Em particular, os relacionamentos primariamente românticos ou sexuais não fornecem paradigmas muito autênticos nem esclarecedores do amor segundo minha interpretação. Os relacionamentos desse tipo costumam abranger uma série de elementos vividamente perturbadores, que não pertencem à natureza essencial do amor como uma modalidade de preocupação desinteressada, mas são tão confusos que podem chegar quase a inviabilizar a articulação clara do que acontece exatamente. Dentre os relacionamentos humanos, o amor dos pais por seus filhos é o tipo de interesse que mais chega perto de oferecer exemplos reconhecidamente puros de amor.

Existe uma certa variedade de preocupação com os outros que também pode ser inteiramente desinteressada, mas que, por ser impessoal, difere do amor. Alguém que se dedica a socorrer os pobres ou os doentes, pelo próprio bem deles, pode ser absolutamente indiferente às peculiaridades daqueles a quem tenta ajudar. O que qualifica as pessoas como beneficiárias de sua preocupação filantrópica não é o fato de ele as amar. Sua generosidade não é uma resposta às identidades individuais daquelas pessoas; não é despertada por características pessoais. É induzida pelo simples fato de que ele as considera membros de uma classe relevante. Para aquele que anseia ajudar os pobres e os doentes, qualquer pessoa pobre ou doente serve.

Por outro lado, quando se trata daquilo que amamos, essa indiferença à especificidade do objeto está fora de questão. Para o amante, a significância daquilo que ele ama não está no fato de seu amado ser um exemplo ou modelo. A importância dele não é genérica; ele é inelutavelmente particular. Para a pessoa que só quer ajudar os pobres ou os enfermos, faria perfeito sentido escolher seus beneficiários ao acaso dentre aqueles que são pobres ou enfermos o suficiente para se qualificarem como objeto de eleição. Não importa quem sejam particularmente os necessitados. Dado que ela não se interessa em específico por nenhum deles, todos são intercambiáveis. A situação do amante é completamente diversa. Não pode haver substituto equivalente para o amado. Para alguém motivado pela caridade, tanto faz ajudar essa ou aquela pessoa necessitada. É impossível, para o amante, dedicar-se desinteressadamente àquilo que de fato ama ou – não importando o grau de semelhança – a outra coisa qualquer em igual medida.

Por fim, trata-se de uma característica necessária do amor não estar sob nosso controle voluntário direto e imediato. Aquilo pelo que uma pessoa se interessa, e em que medida se interessa, pode não depender dela em certas condições. Por vezes, é até possível que ela se convença a se interessar ou não por alguma coisa simplesmente ao tomar uma decisão ou outra. Se a necessidade de manter e proteger essa coisa lhe fornecerá razões aceitáveis para agir – e o grau de importância dessas razões – ficará na dependência, em casos como esse, daquilo que ela mesma decidir. Com relação a certas coisas, no entanto, uma pessoa pode descobrir que não é capaz de influenciar o fato de se interessar por elas, ou a intensidade de seu interesse, com uma decisão meramente pessoal. A questão não depende dela em nada.

Por exemplo, em condições normais, as pessoas não conseguem deixar de se interessar por permanecer vivas, manter sua integridade física, não se isolarem radicalmente, evitar a frustração crônica, e assim por diante. Elas decididamente não têm escolha. Debater razões, fazer juízos e tomar decisões não mudará nada. Mesmo que considerassem uma boa idéia deixar de se interessar por manter contato com outros seres humanos, ou por realizar as próprias ambições, ou por suas vidas e sua integridade física, elas seriam incapazes de fazê-lo. Descobririam que, não importando suas concepções ou decisões, ainda estariam dispostas a se proteger de privações e danos psíquicos e físicos extremos. Em questões como essas, estamos sujeitos a uma necessidade que reprime à força a vontade e da qual não podemos escapar simplesmente por ter decidido ou escolhido fazê-lo[5]. A necessidade que obriga uma pessoa em casos como esses não é uma necessidade cognitiva, gerada pelas exigências da razão. Não é limitando as possibilidades de raciocínio coerente que ela, ao contrário das necessidade lógicas, inviabiliza algumas alternativas. Ao entendermos que uma proposição se contradiz, será impossível acreditarmos nela; de modo semelhante, não poderemos deixar de aceitar uma proposição ao entendermos que negá-la implicaria acatar uma contradição. Por outro lado, aquilo pelo que as pessoas não podem deixar de se interessar não é regulado pela lógica. Não se trata primariamente de uma repressão à crença. Trata-se de uma necessidade volitiva, que consiste essencialmente em uma limitação do arbítrio.

Existem determinadas coisas que as pessoas não conseguem fazer, não obstante possuírem as capacidades ou habilidades naturais relevantes para tanto, porque não conseguem se obrigar a fazê-las. O amor está circunscrito por uma necessidade desse

---

[5] Se alguém, em condições normais, não se interessasse nem um pouco pela possibilidade de morrer, ser mutilado ou privado de todo contato humano, não olharíamos para ele apenas como um ser atípico. Nós o consideraríamos demente. A rigor, não há o menor erro lógico em atitudes como essas, mas elas são tidas, não obstante, como irracionais – isto é, como se violassem uma condição definitória da humanidade. Existe uma idéia de racionalidade que tem pouquíssimo a ver com consistência ou com outras considerações formais. Desse modo, imagine que uma pessoa cause deliberadamente a morte ou um sofrimento agudo sem razão, ou (o exemplo de Hume) tente destruir uma multidão com o objetivo de evitar o menor ferimento a um de seus dedos. Quem quer que fosse capaz de fazer algo assim seria naturalmente considerado – apesar de não ter cometido nenhum erro lógico – um "louco". Em outras palavras, ele seria considerado desprovido de razão. Estamos habituados a entender a racionalidade como algo que exclui a contradição e a incoerência – como se ela limitasse o que nos é possível pensar. Há também uma idéia de racionalidade segundo a qual a razão limita o que podemos fazer ou aceitar. No primeiro sentido, a alternativa à razão é aquilo que reconhecemos como inconcebível. No segundo, é aquilo que declaramos impensável.

tipo: aquilo que amamos e aquilo que não conseguimos amar não depende de nós. Agora, a necessidade característica do amor não reprime os movimentos da vontade com uma onda imperiosa de paixão ou compulsão, que derrota e subjuga a vontade. Ao contrário, a repressão opera a partir do interior de nossa própria vontade. É por nosso próprio arbítrio, e não por uma força externa ou alienígena, que somos reprimidos. Alguém que é limitado pela necessidade volitiva é incapaz de formar uma intenção determinada e efetiva – a despeito dos motivos e das razões que ele possa ter para tanto –, é incapaz de executar (ou de se abster de executar) a ação em questão. Se tentar executá-la, haverá de descobrir que simplesmente não consegue se obrigar a ir até o fim.

O amor tem gradações. Amamos algumas coisas mais que outras. Logo, a necessidade que o amor impõe ao arbítrio raras vezes é absoluta. Podemos amar algo e, mesmo assim, desejar prejudicá-lo, com o intuito de proteger outra coisa que amamos ainda mais. Portanto, uma pessoa pode perfeitamente, em determinadas condições, cometer um ato que, em outras circunstâncias, não seria capaz de perpetrar. Por exemplo, o fato de uma pessoa sacrificar a própria vida quando acredita que, ao fazê-lo, salvará seu país de um mal catastrófico não revela, por conseguinte, sua falta de amor pela vida; seu sacrifício tampouco mostra que ela teria aceitado morrer de bom grado mesmo achando que isso de pouco valeria. Até mesmo das pessoas que cometem suicídio por se sentirem infelizes é possível dizer que amam a vida. Afinal de contas, elas gostariam mesmo de abandonar a infelicidade, e não suas vidas.

5

Há entre os filósofos uma esperança recorrente em relação à existência de determinados fins últimos, cuja adoção incondicional poderia se revelar, de certo modo, uma exigência da razão. Mas isso não passa de uma quimera[6]. Nenhuma necessidade lógica ou racional nos dita o que devemos amar. Aquilo que amamos é moldado pelas exigências universais da vida humana e também por outras necessidades e interesses derivados particularmente dos traços do caráter e da experiência individuais. O que deve ser objeto de nosso amor não pode ser avaliado de modo decisivo nem por um método apriorista nem mediante mero exame de suas propriedades intrínsecas. Ele só pode ser comparado às exigências que nos impõem as outras coisas que amamos. Ao final de tudo, essas coisas são determinadas por condições biológicas ou naturais, acerca das quais não temos muito a dizer[7].

Portanto, as origens da normatividade não repousam nem nos incentivos transitórios do sentimento e do desejo pessoais, nem nas exigências rigorosamente anônimas da razão eterna. Elas repousam nas necessidades contingentes do amor. Elas nos impelem, como fazem os sentimentos e os desejos; mas as motivações engendradas pelo amor não são meramente acidentais

---

6 Alguns filósofos acreditam que o fundamento supremo dos princípios morais encontra-se na razão. De acordo com eles, os preceitos morais têm uma autoridade inescapável, exatamente porque articulam as condições da própria racionalidade. Mas isso não pode estar certo. A espécie de opróbrio vinculada às transgressões morais não tem semelhança alguma com a espécie de opróbrio ligada às violações das exigências da razão. Nossa resposta às pessoas que se comportam de maneira imoral não tem nada a ver com nossa resposta às pessoas de pensamento ilógico. Evidentemente, a importância de ser racional não é a única coisa a fundamentar a injunção de ser moral. Para uma discussão desse argumento, cf. meu ensaio "Rationalism in ethics", em M. Betzler & B. Guckes (orgs.), *Autonomes Handeln: Beiträge zur Philosophie von Harry G. Frankfurt* (Frankfurt, Akademie, 2000).
7 Pode ser perfeitamente razoável insistir no argumento de que as pessoas *devem* se interessar por certas coisas pelas quais na realidade não se interessam, mas só quando se sabe algo acerca daquilo pelo que elas *de fato* se interessam. Se, por exemplo, presumirmos que as pessoas se interessam por levar vidas seguras e satisfatórias, será legítimo tentarmos verificar se elas se interessam por coisas que reputamos indispensáveis para obter segurança e satisfação. É desse modo que se pode desenvolver uma base "racional" da moralidade.

ou (para usar um termo típico de Kant) heterônomas. Não, assim como as leis universais da razão pura, elas expressam algo que pertence a nossa natureza mais íntima e fundamental. Contudo, diferentemente das necessidades da razão, as do amor não são impessoais. Elas são constituídas por, e estão embutidas em, estruturas da vontade, por meio das quais a identidade específica do indivíduo é mais particularmente definida.

Está claro que o amor costuma ser instável. Assim como qualquer outra condição natural, ele é vulnerável à circunstância. As alternativas são sempre possíveis, e algumas delas podem ser sedutoras. Em geral, podemos nos imaginar amando coisas diferentes daquelas que amamos e também nos perguntar se elas não seriam, de certo modo, preferíveis. Contudo, a possibilidade de haver alternativas superiores não implica que nosso comportamento seja irresponsavelmente arbitrário quando adotamos e buscamos, com todo o coração, os fins últimos que nosso amor de fato estabelece para nós. Esses fins não são prescritos por um impulso banal nem por estipulação gratuita; tampouco são determinados por aquilo que, uma vez ou outra, nos ocorre achar atraente ou decidir que queremos. A necessidade volitiva que nos limita naquilo que amamos pode ser tão rigorosamente inflexível à escolha ou à inclinação pessoal quanto as necessidades mais austeras da razão. Aquilo que amamos não depende de nós. Não podemos evitar que a direção de nosso raciocínio prático seja, de fato, governada pelos fins últimos específicos que nosso amor definiu para nós. Não podemos, com justeza, ser acusados de arbitrariedade repreensível, nem de falta de objetividade, seja negligente, seja voluntária, dado que essas coisas não estão sob nosso controle imediato.

Na verdade, por vezes está em nosso poder controlá-las indiretamente. Às vezes, somos capazes de reunir condições que poderiam nos levar a deixar de amar o que amamos, ou a amar outras coisas. Mas, suponhamos que nosso amor seja tão sincero e que nos achemos tão satisfeitos de estar sob seu império que não consigamos nos obrigar a alterá-lo, mesmo que estivessem a nosso alcance as medidas necessárias para tanto. Nesse caso, a alternativa não é uma opção genuína. Se, para nós, seria melhor amar de outra maneira, trata-se de uma pergunta que somos incapazes de levar a sério. De um ponto de vista prático, para nós, trata-se de uma questão efetivamente incogitável.

6

No fim, a presteza com que nos contentamos em amar aquilo que realmente amamos não se baseia na confiabilidade dos argumentos ou das provas. Ela se baseia na confiança em nós mesmos. Não se trata de nos contentarmos com o alcance e a confiabilidade de nossas faculdades cognitivas, nem de acreditar que as informações que temos são suficientes. Trata-se de uma confiança de tipo mais pessoal e fundamental. O que nos assegura a aceitação inequívoca de nosso amor e o que, portanto, garante a estabilidade de nossos fins últimos é o fato de confiarmos nas tendências e respostas determinantes de nosso próprio caráter volitivo.

É por meio dessas tendências e respostas involuntárias de nosso arbítrio que o amor se constitui e o amar nos impele. Além do mais, é por meio dessas mesmas configurações da vontade que nossas identidades individuais são mais plenamente expressas e definidas. As necessidades da vontade de uma pessoa guiam e limitam sua ação. Determinam aquilo que ela talvez esteja disposta a fazer, aquilo que ela não pode deixar de fazer e aquilo que ela não pode se obrigar a fazer. Também determinam o que ela talvez esteja disposta a aceitar como razão para agir, o que ela não pode deixar de considerar uma razão para agir e aquilo que ela não pode se obrigar a considerar uma razão para agir. Sendo assim, elas estabelecem os limites da vida prática dessa pessoa; portanto, definem sua forma como um ser ativo. Logo, toda ansiedade ou inquietação que ela venha a sentir por reconhecer aquilo que é obrigada a amar toca o âmago de sua atitude para com seu próprio caráter como pessoa. Essa espécie de perturbação é sintoma de uma falta de confiança naquilo que ela própria é.

A integridade psíquica em que consiste a autoconfiança pode ser rompida pela pressão de discrepâncias e conflitos irresolvidos entre as várias coisas que amamos. Desordens dessa espécie debilitam a unidade da vontade e nos põem em desacordo com nós mesmos. A oposição interna no espectro daquilo que amamos implica que estamos sujeitos a exigências ao mesmo tempo incondicionais e incompatíveis. Isso nos impede de traçar um curso volitivo fixo. Se nosso amor por certa coisa colide inevitavelmente com nosso amor por outra, podemos muito bem achar impossível nos aceitarmos como somos.

Contudo, às vezes pode acontecer que, de fato, não haja conflito entre as motivações que nossos distintos amores nos impõem e que, portanto, não haja dentro de nós nenhuma fonte ou foco de oposição a um deles. Nesse caso, não temos base para qualquer incerteza ou relutância em aceitar as motivações engendradas por nosso amor. Nada pelo que nos interessamos tanto, ou que tenha importância comparável para nós, é motivo de hesitação ou dúvida. Desse modo, só conseguiríamos deliberadamente nos motivar a resistir às exigências do amor valendo-nos de uma manobra inventada especialmente para a circunstância. Isso *seria* arbitrário. Por outro lado, não seria impropriamente arbitrário uma pessoa aceitar o ímpeto de um amor acerca do qual ela está bem informada e que é coerente com outras exigências de seu arbítrio, pois ela não tem nenhuma base pertinente para se recusar a fazê-lo.

7

Aquilo que amamos é necessariamente importante para nós, simplesmente porque o amamos. Há ainda um outro argumento bem diferente a defender. O ato de amar em si é importante para nós. À parte nosso interesse particular pelas várias coisas que amamos, temos um interesse mais genérico e ainda mais fundamental no amor como tal.

Um exemplo claro e bastante familiar é o que nos proporciona o amor parental. Além do fato de que, para mim, *meus filhos* são importantes em si mesmos, há o fato adicional de que, para mim, *amar meus filhos* é algo importante *em si mesmo*. Por maiores que sejam os encargos e as aflições que amá-los possa ter me causado no decorrer do tempo, minha vida foi perceptivelmente alterada e melhorada quando passei a amá-los. Uma das coisas que leva as pessoas a terem filhos é justamente a expectativa de que isso venha a enriquecer suas vidas e de que isso ocorrerá simplesmente pelo fato de lhes proporcionar mais coisas para amar.

Por que amar é tão importante para nós? Por que uma vida na qual uma pessoa ama algo, seja lá o que for, é, para ela, melhor – presumindo, é claro, que outras coisas sejam mais ou menos iguais – que uma vida na qual não exista nada que ela ame? Parte da explicação está relacionada à importância que damos a ter fins últimos. Necessitamos de propósitos que consideremos dignos de alcançar por si mesmos, e não apenas por causa de outras coisas.

Na medida em que nos interessamos por qualquer coisa, tornamos várias coisas importantes para nós – ou seja, as coisas pelas quais nos interessamos e quaisquer que sejam os meios indispensáveis para obtê-las. Isso nos traz metas e ambições, possibilitando-nos, assim, formular cursos de ação que não são de todo sem sentido. Isso nos permite, em outras palavras, conceber uma atividade significativa, ao menos no sentido de que ela tem algum propósito. Contudo, uma atividade que só é significativa nesse sentido limitadíssimo não pode ser plenamente satisfatória. Ela não chega nem mesmo a ser plenamente inteligível para nós.

Aristóteles observa que o desejo é "vazio e vão", a menos que "haja, nas coisas que fazemos, algum fim que desejamos por si mesmo"[8]. Não nos basta simplesmente ver que é importante para nós alcançar certo fim porque ele nos facilitará o alcance de um outro fim. Não podemos dar sentido àquilo que fazemos se nenhum de nossos propósitos tem importância, exceto em virtude de nos capacitar a alcançar outras metas. Deve haver, "nas coisas que fazemos, algum fim que desejamos por si mesmo". De outro modo, nossa atividade, por mais premeditada que seja, será irrelevante. Nunca estaremos de fato satisfeitos com ela, porque ela estará sempre inacabada. Dado que aquilo a que ela visa é sempre preliminar ou preparatório, ela sempre nos deixará desprovidos de completude. As ações que desempenhamos parecerão verdadeiramente vazias e vãs para nós, e nossa tendência será perder o interesse por aquilo que fazemos.

---

8 *Ética a Nicômaco*, 1094a, 18-21. Aparentemente, Aristóteles acreditava que deveria haver um único fim último para tudo o que fazemos. Eu pretendo endossar apenas a opinião bem mais modesta de que cada uma das coisas que fazemos tem de visar a algum fim último.

8

É interessante questionar por que uma vida na qual a atividade é localmente dotada de propósito, mas fundamentalmente desprovida de desígnio – isto é, ela tem um propósito imediato, mas não um fim último –, deve ser considerada indesejável. Nessa perspectiva, o que haveria necessariamente de tão terrível em uma vida vazia de significado? Penso que a resposta é: sem fins últimos, não encontraríamos nada de verdadeiramente importante, nem como fim, nem como meio. Para nós, a importância de tudo dependeria da importância de outra coisa. Não nos interessaríamos realmente por nada de maneira inequívoca e incondicional.

Na medida em que isso ficasse claro para nós, reconheceríamos a inconclusividade difusa de nossas tendências e disposições volitivas. E isso, então, impediria nosso envolvimento consciencioso e responsável na administração do curso de nossas decisões e intenções. Não teríamos nenhum interesse fixo no planejamento ou na corroboração de uma determinada continuidade das configurações de nossa vontade. Com isso, um aspecto destacado de nossa conexão reflexiva com nós mesmos, no qual reside nosso caráter distintivo de seres humanos, seria isolado. Nossas vidas seriam passivas, fragmentadas e, por isso, drasticamente prejudicadas. Mesmo que continuássemos mantendo um pálido vestígio de autoconsciência ativa, viveríamos pavorosamente entediados.

O tédio é um negócio sério. Não é uma condição que tentamos evitar apenas porque não a consideramos agradável. De fato, evitar o tédio é uma necessidade humana profunda e avassaladora. Nossa aversão ao enfado tem uma importância consideravelmente maior que a mera relutância em vivenciar um estado de consciência mais ou menos desagradável. A aversão surge de nossa sensibilidade a uma ameaça muito mais agourenta. A essência do tédio é não nos importarmos com nada que acontece. Não nos interessamos por nada; nada é importante para nós. Como conseqüência natural, nossa motivação para não perder o foco se enfraquece, e nos vemos submetidos a uma redução correspondente de nossa vitalidade psíquica. Em suas manifestações mais conhecidas e características, o tédio implica uma redução radical da agudeza e da estabilidade da atenção. Nosso nível de atividade e energia mentais diminui. A curva de nossa sensibilidade a estímulos comuns se achata e se retrai. No alcance de nossa consciência, não se notam diferenças nem se fazem distinções. E, com isso, nosso campo consciente vai ficando mais e mais homogêneo. À medida que se expande e vai se tornando cada vez mais dominante, o tédio provoca uma diminuição gradual da diferenciação significativa no âmbito da consciência.

E, no limite, quando o campo de consciência já está totalmente indiferenciado, cessa qualquer movimento ou mudança psíquica. A homogeneização completa da consciência equivale à interrupção total da experiência consciente. Em outras palavras, quando caímos no tédio, tendemos a cair no sono.

Qualquer incremento substancial da extensão de nosso tédio ameaça a própria continuidade de nossa vida mental consciente. Aquilo que nossa preferência por evitar o tédio expressa é, portanto, não apenas uma resistência fortuita a um desconforto mais ou menos inócuo. Ela exprime um impulso bastante primitivo de sobrevivência psíquica. Acho apropriado interpretar esse impulso como uma variante do instinto elementar e universal de autopreservação. Contudo, ele está relacionado àquilo que em geral pensamos ser "autopreservação" apenas em um sentido estranhamento literal – ou seja, no sentido de sustentar não a *vida* do organismo, mas a persistência e a vitalidade do *eu*.

9

O raciocínio prático tem a ver, ao menos em parte, com o planejamento de meios efetivos para alcançar nossos fins. Para que ele tenha uma base e uma infra-estrutura estabelecidas de modo adequado, é preciso alicerçá-lo sobre fins que consideramos mais do que simples meios de obter outros fins. Deve haver coisas que valorizamos e buscamos por si mesmas. Agora, não é difícil entender como algo passa a ter valor instrumental. Basta essa coisa contribuir direta e efetivamente para o cumprimento de uma determinada meta. Mas como é que, para nós, as coisas chegam a ter um valor final independente de sua utilidade na consecução de outras metas? De que maneira aceitável podemos satisfazer a nossa necessidade de fins últimos?

Creio que o amor satisfaça a essa necessidade. É amando certas coisas – seja qual for a causa – que nos ligamos aos fins últimos por mais que um simples impulso acidental ou por uma mera opção deliberada e voluntariosa[9]. O amor é a fonte originária do valor final. Se nada amássemos, nada teria mérito intrínseco e definitivo para nós. Não haveria nada que fôssemos levados a aceitar como fim último. Por sua própria natureza, amar implica tanto que consideremos seus objetos valiosos por si mesmos como também que não tenhamos outra saída, a não ser adotar esses objetos como nossos fins últimos. Na medida em que o amor cria tanto o valor final ou intrínseco quanto a im-

---

9 Além dessa preocupação com o planejamento de meios, a razão prática também está envolvida na definição de nossos fins últimos. E ela chega a isso pela identificação daquilo que amamos. Isso pode exigir muita análise e investigação. As pessoas não conseguirão descobrir ao certo o que elas amam simplesmente pela introspecção; assim como aquilo que elas amam não costuma ser um traço inconfundível de seu comportamento. O amor é uma configuração complexa da vontade, que pode ser difícil discernir tanto para quem ama como para os demais.

portância, então ele é o fundamento supremo da racionalidade prática.

Muitos filósofos, é claro, defendem o contrário, alegando que determinadas coisas têm um valor intrínseco completamente independente de qualquer um de nossos estados ou condições subjetivos. Eles afirmam que esse valor em nada depende de nossos sentimentos ou de nossas atitudes, nem de nossas disposições e tendências volitivas. Contudo, a posição desses filósofos não é de fato viável como resposta às questões referentes à fundamentação da razão prática. Sua pertinência para essas questões é decisivamente solapada por sua incapacidade de tratar, ou até mesmo de enfrentar, um problema fundamental.

Pode-se presumir que o fato de determinada meta ter certo valor intrínseco implica que ela se qualifica como fim último ou que é digna de ser perseguida como tal. Contudo, isso não implica a *obrigação* de persegui-la como fim último; e isso tampouco decorre da suposição ainda mais concreta de que a meta em questão tem um valor intrínseco maior que qualquer outra. Uma coisa é defender que um determinado objeto ou uma situação tem valor intrínseco e que há, por conseguinte, uma razão para escolhê-lo(a). Outra coisa é defender que esse objeto ou situação é ou deve ser importante para alguém, ou que alguém deva se interessar por esse objeto ou situação a ponto de fazer dele(a) uma de suas metas. Existem inúmeras metas de valor intrínseco com as quais ninguém é obrigado a se importar particularmente.

A alegação de que as coisas têm um valor intrínseco independente não só deixa de abordar como também de responder a questão de como estabelecer apropriadamente os fins últimos de uma pessoa. Mesmo que estivesse correta – isto é, mesmo que certas coisas tivessem um valor completamente independente de considerações subjetivas –, a alegação ainda assim *não explicaria* como as pessoas devem selecionar os fins que tentarão alcançar. Essa questão não trata de imediato do valor intrínseco, e sim da importância. Até onde me é dado ver, não é possível lidar com ela satisfatoriamente sem fazer referência àquilo – se é que existe algo – que as pessoas não podem deixar de considerar importante para si mesmas. Em outras palavras, as questões mais fundamentais da razão prática não podem ser resolvidas sem uma explicação para aquilo que as pessoas amam[10].

10

Com respeito a uma característica muito curiosa, a relação entre a importância, para o amante, de amar e a importância, para ele, dos interesses do amado é comparável à relação entre os fins últimos e os meios pelos quais eles podem ser alcançados. Em geral, supõe-se que o fato de algo ser um meio efetivo para a obtenção de um fim último implica apenas que ele possui um certo valor *instrumental*; e presume-se que o grau de valor conferido por essa utilidade dependa do valor do fim para o qual ele é meio. Em geral também se supõe que o valor do fim último em nada depende do valor do meio que torna possível sua obtenção. Logo, a relação de derivação entre o valor de um meio e o valor de seu fim último costuma ser considerada assimétrica: o valor do meio deriva do valor do fim, mas o contrário não se dá.

Essa interpretação da relação pode parecer compreensivelmente indiscutível – uma questão de senso comum elementar. Não obstante, ela se baseia em um equívoco: presume que o úni-

---

10 Pode-se defender que somos moralmente obrigados a nos interessar por certas coisas e que essas obrigações independem de uma consideração subjetiva. Mas, mesmo que tivéssemos de fato essas obrigações, ainda assim seria preciso determinar a importância que seu cumprimento teria para nós. No que se refere ao raciocínio prático, a questão da importância é – como foi sugerido no capítulo anterior – mais fundamental que a questão da moralidade.

co valor que um fim último necessariamente tem para nós, simplesmente por *ser* um fim último, precisa ser idêntico ao valor que tem para nós a situação que se estabelece quando alcançamos esse fim. Contudo, na verdade, isso não esgota a importância de nossos fins últimos. Eles também são necessariamente valiosos de um outro modo.

Nossas metas não nos são importantes exclusivamente porque damos valor às situações concebidas por elas. Para nós, não importa apenas *alcançar* nossos fins últimos. Também é importante *ter* fins últimos. Isso porque, sem eles, não teremos nada de importante para fazer. Se não tivéssemos metas encerradas em si mesmas, não haveria propósito significativo em nenhuma atividade na qual nos envolvêssemos. Em outras palavras, ter fins últimos vale como condição indispensável para nos envolvermos em atividades que consideramos verdadeiramente dignas de nossa atenção.

De modo similar, o valor que uma atividade profícua tem para nós nunca é exclusivamente instrumental. Isso porque, para nós, é *intrinsecamente* importante nos envolvermos em atividades voltadas para a promoção de nossas metas. Por causa delas, e por causa dos resultados almejados por elas, é que precisamos de trabalho produtivo. Para além da importância específica das metas que porventura perseguimos, é importante termos algo que consideramos válido fazer.

Portanto, as atividades de valor instrumental, justo por serem úteis, também possuem necessariamente valor intrínseco. E, do mesmo modo, os fins últimos de valor intrínseco têm necessariamente valor instrumental, exatamente em virtude de representarem condições essenciais para alcançar a meta intrinsecamente válida de ter algo que valha a pena fazer. Apesar do aparente paradoxo, é lícito dizer que os fins últimos só têm valor instrumental porque, em última instância, são valiosos, e que os meios efetivos para a obtenção dos fins últimos só têm valor intrínseco por causa de seu valor instrumental. Existe uma estrutura similar na relação recíproca entre a importância que amar tem para nós e a importância para nós daquilo que amamos. Assim como os meios estão subordinados a seus fins, a atividade daquele que ama está subordinada aos interesses daquele que é amado. Além do mais, é unicamente por conta dessa subordinação que amar, por si só, é importante para nós. A importância intrínseca de amar deve-se precisamente ao fato de que amar consiste, em essência, em se dedicar ao bem-estar daquilo que amamos. O valor de amar para aquele que ama deriva de sua dedicação ao amado. Quanto à importância do amado, o amante se interessa por aquilo que ama por ser esse o objeto de seu amor. A felicidade do amado é intrinsecamente importante para o amante. Além disso, entretanto, aquilo que ele ama possui necessariamente um valor instrumental, em virtude do fato de que se trata de uma condição necessária para que ele possa desfrutar a atividade intrinsecamente importante de amar o outro.

11

Isso talvez faça parecer difícil entender como a atitude de um amante para com o amado pode ser de todo desinteressada. Afinal, o amado proporciona ao amante uma condição essencial para a obtenção de um fim – amar – que é intrinsecamente importante para ele. Aquilo que ele ama permite-lhe obter o benefício proporcionado pelo amor e evitar o vazio de uma vida na qual ele nada tem para amar. Desse modo, o amante parece inevitavelmente aproveitar-se do amado e, por conseguinte, instrumentalizá-lo. Não está claro, então, que é inevitável que o amor seja egoísta? Como não concluir que ele nunca poderá ser totalmente altruísta ou desinteressado? Essa conclusão seria muito precipitada. Tomemos como exemplo um homem que diz a uma mulher que seu amor por ela é o que dá sentido e valor a sua vida. Amá-la, diz ele, é a única coisa que, para ele, faz o viver valer a pena. É improvável que a mulher ache (supondo que ela realmente creia no que lhe é dito) que aquilo que o homem está lhe dizendo implica que ele não a ama de fato e que gosta dela apenas porque isso o faz se sentir bem. A partir da declaração dele de que seu amor por ela preenche uma profunda necessidade em sua vida, ela seguramente não concluirá que ele a está usando. Na verdade, ela presumirá naturalmente que ele está tentando dizer justo o contrário. Ficará claro para ela que o que ele está dizendo implica que ele a valoriza por si mesma, e não como um simples meio a ser usado em vantagem própria.

É possível, claro, que o homem seja um impostor. Também é possível que, embora acredite estar dizendo a verdade acerca de si mesmo, ele realmente não tenha idéia do que está dizendo. Contudo, suponhamos que suas declarações de amor e da importância que isso tem para ele sejam não apenas sinceras mas também exatas. Nesse caso, seria perverso inferir daí que ele esteja usando a mulher como um meio de satisfazer a seus próprios interesses. O fato de amá-la ser tão importante para ele é inteiramente consistente com sua inequívoca dedicação sincera e altruísta aos interesses dela. A profunda importância que amá-la tem para ele dificilmente implica a conseqüência absurda de que ele, na realidade, não a ama.

O aparente conflito entre a dedicação aos próprios interesses e a devoção altruísta aos interesses de outra pessoa se desfaz assim que percebemos que aquilo que serve ao egoísmo do amante nada mais é que seu altruísmo. É desnecessário dizer que só se for genuíno é que seu amor poderá ter, para ele, a importância que amar acarreta. Portanto, visto que amar é tão importante para o amante, manter as atitudes volitivas que constituem o amor deve ser importante para ele. Agora, essas atitudes consistem essencialmente em um interesse altruísta pela felicidade do amado. Não existe amor sem isso. Por conseguinte, o benefício de amar só acrescenta algo a uma pessoa na medida em que ela se preocupa desinteressadamente com o amado, e não por conta de um benefício que ela possa extrair do ser amado ou do ato de amá-lo. Ao amar, ela não pode esperar satisfazer a seu próprio interesse, a menos que ponha de lado suas ambições e necessidades pessoais e se dedique aos interesses de outra pessoa.

Toda e qualquer suspeita de que isso exigiria uma disposição implausível e magnânima para o auto-sacrifício pode ser desfeita pelo reconhecimento de que, pela própria natureza do caso, o amante *se identifica* com aquilo que ele ama. Em virtude dessa identificação, proteger os interesses do amado é necessariamente um dos interesses do próprio amante. Os interesses do amado não são em nada *distintos* dos dele. São seus interesses também. Longe de demonstrar uma indiferença austera pelas vicissitudes daquilo que ele ama, o próprio amante é afetado por elas. O fato de se interessar tanto pelo amado significa que sua vida é beneficiada quando os interesses do amado prevalecem, e que ele é prejudicado quando esses interesses são frustrados. O amante se *compromete* com o amado: o primeiro desfruta os sucessos do segundo, e os fracassos deste fazem aquele sofrer. Na medida em que o amante se compromete com aquilo que ama e, desse modo, identifica-se com o amado, os interesses de um e outro passam a ser idênticos. Por isso, não é de surpreender que, para o amante, egoísmo e altruísmo coincidam.

12

É claro que a identificação do amante com qualquer uma das coisas que ele ama está fadada a ser inexata e incompleta. Seus interesses e os do amado nunca serão integralmente os mesmos, e é improvável que venham a ser de todo compatíveis. Por mais importante que o amado venha a ser, é improvável que ele seja a única coisa importante para o amante. Sem dúvida, é improvável que ele seja a única coisa amada. Logo, em geral, existe a forte possibilidade de surgir um conflito destrutivo entre a dedicação do amante ao bem-estar de algo que ele ama e sua preocupação com outros interesses.

Amar é arriscado. É característica dos amantes a vulnerabilidade a uma aflição intensa quando são obrigados a negligenciar aquilo que um amor exige deles para satisfazer às exigências de um outro, ou quando aquilo que amam deixa a desejar. Portanto, eles têm de ser cuidadosos. Precisam tentar evitar que algo os leve a amar aquilo que seria indesejável amar. Para um ser infinito, absolutamente seguro em sua onipotência, nem mesmo o amor mais indiscriminado representa perigo. Deus não necessita ser cauteloso. Ele não corre riscos. Não é preciso que Deus, por prudência ou ansiedade, dispense oportunidades de amar. Por outro lado, para nós, que não temos dotes tão pródigos, a prontidão para amar tem de ser mais prudente e comedida.

Por alguns motivos, a atividade criadora de Deus é mobilizada por um amor completamente desinibido e inesgotável. Esse amor, que é entendido como algo totalmente ilimitado e incondicional, leva Deus a desejar uma plenitude de existência na qual tudo o que se pode conceber como objeto de amor está incluso. Deus quer amar tudo o que seja possível amar. É natural que ele não tema amar insensatamente ou bem demais. O que Deus deseja criar e amar, portanto, é apenas o Ser – de todo e qualquer tipo e tantos quantos possa haver.

Dizer que o amor divino é infinito e incondicional é dizer que ele é completamente indistinto. Deus ama *todas as coisas*, a despeito do caráter ou das conseqüências delas. Agora, isso equivale a dizer que a atividade criadora na qual o amor de Deus pelo Ser é expresso e realizado não tem outro motivo além de um impulso ilimitado e indiscriminado de amar sem limite nem medida. Visto que as pessoas acham que a essência de Deus é o amor, então elas são obrigadas a supor que não há providência ou intenção divina capaz de reprimir a realização máxima e absoluta da possibilidade. Se Deus é amor, a única razão de ser do universo é existir.

Claro, criaturas finitas como nós não podem se permitir tamanho descuido ao amar. Os atores onipotentes estão isentos de toda passividade. Nada pode lhes acontecer. Por isso, eles nada têm a temer. Nós, por outro lado, nos sujeitamos a vulnerabilidades consideráveis quando amamos. Por conseguinte, precisamos manter uma seletividade e uma moderação defensivas. É importante tomarmos cuidado com quem e com o que amamos.

Nossa falta de controle voluntário e imediato sobre o amor é uma fonte especial de perigo para nós. O fato de não podermos determinar direta e livremente aquilo que amamos e aquilo que não amamos, simplesmente ao fazer escolhas e tomar decisões por conta própria, implica que, muitas vezes, ficamos suscetíveis a nos deixar impelir, com maior ou menor grau de impotência, pelas necessidades que o amor nos impõe. Essas necessidades podem fazer com que nos comprometamos de maneira insensata. O amor pode nos envolver em compromissos volitivos inescapáveis e capazes de prejudicar seriamente nossos interesses.

13

Apesar dos riscos aos quais a força repressora do amor nos expõe, essa mesma repressão contribui de modo significativo para o valor que o amar tem para nós. Em certa medida, é justamente porque o amor limita nossas vontades que o valorizamos tanto. Isso pode parecer implausível, dado que costumamos representar a nós mesmos, com tamanho orgulho autogratificante, como pessoas dedicadas, acima de tudo, ao valor da liberdade. Como poderíamos afirmar convincentemente que prezamos a liberdade e, ao mesmo tempo, acolher de bom grado uma condição que implica sujeição à necessidade? Contudo, nesse caso, a sensação de conflito é enganosa. A chave para desfazê-la reside na circunstância superficialmente paradoxal, mas nem por isso menos autêntica, de que as próprias necessidades com que o amor restringe a vontade são libertadoras.

Nesse caso, há uma notável e instrutiva semelhança entre amor e razão. A racionalidade e a capacidade de amar são as características mais emblemáticas e estimadas da natureza humana. A racionalidade nos guia com maior autoridade no uso de nossas mentes, ao passo que a capacidade de amar nos confere a motivação mais persuasiva de nossa conduta pessoal e social. E ambas são fontes daquilo que há de distintivamente humano e enobrecedor em nós. Elas dignificam nossas vidas. Agora, é especialmente notável que, apesar de cada uma delas nos impor uma necessidade imperiosa, nenhuma delas nos impinge a sensação de impotência ou restrição. Ao contrário, é característico de cada uma delas trazer consigo uma experiência de libertação e expansão. Quando descobrimos que não temos outra escolha a não ser aquiescer às irresistíveis exigências da lógica, ou nos submeter às cativantes necessidades do amor, o sentimento com que o fazemos não é, de modo algum, um sentimento de passividade apática ou de confinamento. Em ambos os casos – sigamos a razão ou nossos corações –, estamos em geral conscientes de uma autolibertação e de uma auto-expansão revigorantes. Mas como é possível que nos consideremos fortalecidos e, de certo modo, menos confinados ou limitados, ao sermos privados da possibilidade de escolha?

A explicação é que o encontro com a necessidade volitiva ou com a necessidade racional elimina a incerteza. Mediante tal encontro, relaxam-se as inibições e as hesitações da falta de autoconfiança. Quando a razão demonstra do que *se trata* o caso, isso põe fim a qualquer irresolução de nossa parte acerca do que devemos crer. Ao relatar a satisfação que encontrou em seus primeiros estudos de geometria, Bertrand Russell alude à "tranqüilidade da certeza matemática"[11]. A certeza matemática, como outras modalidades de certeza que se baseiam em verdades lógica ou conceitualmente necessárias, é tranqüila porque nos livra do confronto com tendências díspares em nós mesmos acerca daquilo em que devemos acreditar. A questão está resolvida. Não precisamos mais nos digladiar para chegar a uma decisão. Na incerteza, nós nos contemos. Descobrir como as coisas têm necessariamente de ser nos permite – de fato, exige de nós – abandonar a restrição debilitante que impomos a nós mesmos quando não sabemos ao certo o que pensar. Nesse ponto, deixa de haver obstáculo a uma crença entusiástica. Nada se interpõe no caminho de uma convicção firme e tranqüila. Livramo-nos do bloqueio da irresolução e podemos nos entregar sem restrições ao consentimento.

De modo semelhante, a necessidade com que o amor limita a vontade põe fim à indecisão acerca daquilo pelo que devemos

---

11 "My mental development", em P. A. Schilpp (org.), *The philosophy of Bertrand Russell* (The Library of Living Philosophers, 1946), p. 7.

nos interessar. Ao sermos cativados pelo ser amado, livramo-nos dos obstáculos à escolha e à ação, que consistem em não se ter fins últimos ou em se deixar levar inconclusivamente ora numa direção, ora noutra. Com isso, a indiferença e a ambivalência irresolvida, que podem prejudicar de maneira radical nossa capacidade de escolher e de agir, são superadas. O fato de não podermos deixar de amar e de, portanto, não podermos deixar de ser guiados pelos interesses daquilo que amamos ajuda a assegurar que não nos debateremos a esmo nem nos impediremos de adotar definitivamente um rumo prático e significativo[12].

As exigências da lógica e as necessidades do amado suplantam todas as preferências contrárias que estamos menos predispostos a ter. Uma vez impostos os regimes ditatoriais dessas necessidades, não cabe mais a nós decidir o que pensar ou pelo que nos interessar. Não temos mais escolha nesse caso. A lógica e o amor se apropriam da orientação de nossa atividade cognitiva e volitiva. E nos impedem de exercitar, em favor de outras metas que possamos achar interessantes, o controle sobre a formação de nossas opiniões e de nossa vontade.

Pode parecer, então, que as necessidades da razão e do amor nos libertam emancipando-nos de nós mesmos. Em certo sentido, é *isso* mesmo o que elas fazem. A idéia não é nada nova. A possibilidade de uma pessoa ser liberada pela submissão a coações que lhe escapam ao controle voluntário e imediato está entre os temas mais antigos e persistentes de nossas tradições morais e religiosas. Dante escreveu: "Em Sua vontade está nossa paz"[13]. A tranqüilidade que Russell conta ter encontrado ao descobrir o que a razão exigia dele corresponde evidentemente, ao

---

12 Por si só, isso não garante determinação, dado que o fato de amarmos algo não define o quanto o amamos – isto é, se o amamos mais ou menos que outras coisas cujos interesses podem disputar nossa atenção.
13 *Paraíso*, III, 85.

menos até certo ponto, ao fim da perturbação interior que outras pessoas afirmam ter descoberto ao aceitar como sua a inexorável vontade de Deus.

14

Venho defendendo que o amor não precisa se basear em nenhum juízo ou percepção acerca do valor de seu objeto. Reconhecer o valor de um objeto não é condição essencial para amá-lo. Claro que é possível ver surgir o amor de juízos e percepções dessa espécie. Contudo, também é possível despertar o amor de outros modos.

Por outro lado, muitas vezes a sensibilidade aos riscos e aos custos de amar motiva as pessoas a tentar minimizar a probabilidade de amar coisas que consideram não muito valiosas. Elas são avessas aos laços do amor, a não ser quando não esperam muito prejuízo no ato de amar – seja para elas mesmas ou para o objeto de seu interesse. Além disso, elas preferem naturalmente evitar o investimento de atenção e esforço que o amor exige, a menos que considerem isso desejável para que o amado se desenvolva.

Além disso, aquilo que uma pessoa ama revela algo de significativo sobre ela mesma. Reflete-se em seus gostos e em seu caráter; ou pode-se considerar que o faça. As pessoas costumam ser julgadas e avaliadas com base naquilo pelo que se interessam. Por isso, o orgulho e uma certa preocupação com a reputação as encorajam a garantir, tanto quanto possam, que aquilo que amam é algo que elas e os outros consideram valioso.

Aquilo que uma pessoa ama, ou não ama, pode enaltecê-la. Ou desaboná-la: pode ser considerado prova de que essa pessoa tem péssimo caráter moral, é fútil, não tem bom senso, ou é deficiente em alguma medida. Uma variedade de amor à qual todos são suscetíveis e que é amplamente considerada um demérito do amante – em especial quando [essa variedade] se apodera dele – é o amor por si mesmo. A propensão para o amor-de-si talvez não seja condenada universalmente como algo claramente imoral. Contudo, ela costuma ser desprezada e considerada repulsiva, indigna de respeito especial. As pessoas sensatas imaginam que há coisas melhores para fazer com o amor do que dirigi-lo para o próprio indivíduo.

No entanto, as coisas não parecem ser assim quando examinadas à luz da exposição geral do amor que acabo de fazer. No próximo capítulo, desenvolverei um modo de compreender o amor-de-si capaz de fundamentar uma atitude voltada para esse tipo de amor muito diversa daquela que acabei de esboçar. Argumentarei que, longe de demonstrar um defeito de caráter ou de indicar fraqueza, amar a si mesmo é a realização mais profunda e essencial – e, de modo algum, a mais fácil de obter – de uma vida séria e bem-sucedida.

3
O querido *eu*

1

Existem certas coisas pelas quais praticamente ninguém pode deixar de se interessar. Isso costuma ser uma vantagem. Em geral, concorda-se que, com relação a muitas coisas que são amadas quase universalmente, é de se desejar, na verdade, que todos as amem. O que nos tranqüiliza e encoraja é o fato de quase todos nós amarmos viver, amarmos nossos filhos, amarmos manter relações gratificantes com outras pessoas, e assim por diante. Cremos que a incidência mais ou menos ilimitada dessas predileções seja um traço benigno da natureza humana. Ela assegura que praticamente todas as pessoas se comprometam intensamente com um conjunto de bens que quase todos reconhecem como legítimos e indispensáveis.

Contudo, existe ao menos uma exceção importante. Em geral, presume-se que amar a si mesmo seja tão natural quanto mais ou menos inevitável; mas também se presume que não seja de todo bom. Muitas pessoas – sobretudo quando imaginam que a propensão para o amor-de-si é tanto ubíqua quanto essencialmente inextirpável – acreditam que essa tendência impetuosa da maioria de nós para amar a nós mesmos seja um defeito dolorosamente nocivo da natureza humana. Segundo elas, é em grande medida o amor-de-si que nos impede de nos dedicarmos o suficiente e de modo adequado – ou seja, altruisticamente – às outras coisas que amamos ou que seria bom amarmos. Elas acham que amar a si mesmo é um empecilho grave, e muitas vezes incapacitante, ao ato de se interessar apropriadamente não apenas pelas exigências da moralidade mas também por ideais e bens amorais importantes. De fato, a alegação de que estamos demasiado imersos no amor por nós mesmos costuma ser apresentada como se identificasse um obstáculo quase insuperável para que vivamos como devemos viver.

2

Kant está entre aqueles que se deixam especialmente desanimar e desencorajar pelo suposto domínio onipresente e incessante do amor-de-si. O fato de as pessoas amarem a si mesmas o perturba porque ele vê esse amor como uma barreira colossal ao progresso da moralidade. Em sua opinião, isso quase inevitavelmente significa que, não importando o que as pessoas façam, suas motivações, ao agir, não serão os motivos exigidos pela moralidade.

No início da segunda seção de *Fundamentação da metafísica dos costumes*[1], Kant reflete sobre a particularidade de que, a seu ver, nos é quase impossível chegar até mesmo a saber, com um mínimo de certeza, se aquilo que uma pessoa fez possui genuíno valor moral. Ele se mostra perplexo diante de nossa incerteza irredimível quando se trata de avaliar com justeza se as pessoas agiram de maneira realmente virtuosa. A dificuldade que o incomoda não surge das dúvidas acerca de nossa capacidade de

---

1 Todas as citações de Kant foram extraídas da edição, e da respectiva tradução para o inglês, de Lewis White Beck, em *Imannuel Kant: Critique of practical reason and other writings in moral philosophy* (Chicago, University of Chicago, 1949).

identificar qual ação, nas circunstâncias pertinentes, seria prescrita pelas leis da moralidade. Para Kant, essa é a parte mais fácil. O problema sério de se chegar a avaliações morais judiciosas sobre aquilo que as pessoas fazem reside, na visão dele, na obscuridade impenetrável da motivação humana. Mesmo quando está claro que aquilo que uma pessoa fez se conforma inteiramente – no que se refere a seu comportamento público – com todas as exigências morais relevantes, talvez não esteja tão claro se ela agiu de modo virtuoso. Sem dúvida, não importa quão plenamente sua própria conduta satisfaça aos mandamentos da moralidade, é possível que isso não lhe angarie nenhum crédito moral. O fato de ela ter desempenhado exatamente as ações que o dever requeria não é, em si mesmo, garantia de que suas ações serão julgadas moralmente dignas. Tal juízo não é garantido apenas por aquilo que uma pessoa fez. É preciso levar seriamente em conta o que de fato a motivou a fazer o que fez.

Segundo Kant, não há mérito moral em desempenhar uma ação quando o desempenho é motivado apenas por aquilo que se quer fazer. Se os desejos que levam alguém a agir são motivados simplesmente por razões pessoais, não faz nenhuma diferença se eles são benevolentemente dirigidos para o bem-estar de outros indivíduos ou cupidamente voltados para a obtenção de uma vantagem pessoal e vulgar. Em ambos os casos, o ponto crítico é: a pessoa faz o que faz apenas porque está, por acaso, predisposta a fazê-lo.

As pessoas de inclinação generosa certamente são preferíveis às pessoas egoístas. Não é menos verdade que os animais naturalmente dóceis e complacentes são, sem dúvida alguma, mais agradáveis de ter por perto do que animais hostis. Kant insiste em que essas oposições, nas tendências naturais de pessoas e animais, não têm maior significado *moral* em um ou em outro caso. A seu ver, os seres humanos naturalmente generosos não são moralmente mais dignos que as criaturas não humanas que têm por natureza a servitude e a afeição. Kant, nesse ponto, parece ter razão. Por que uma pessoa deveria receber crédito moral por fazer algo que ela só faz por ter uma predisposição natural para tanto – em outras palavras, apenas porque sente vontade de fazê-lo? Na verdade, dedicar-se a metas pessoais não é necessariamente errado. Mesmo assim, o êxito de uma pessoa ao dirigir sua conduta de acordo com seus próprios desejos não pode ser considerado uma realização *moral* notável. Kant simplesmente afirma, de modo mais ou menos plausível, que não é possível, com o mínimo de sensatez, considerar moralmente admiráveis as pessoas que só fazem o que bem entendem.

Da maneira como ele expõe o tema, há apenas um modo de merecer o verdadeiro crédito moral: a saber, fazer a coisa certa *porque* é a coisa certa a fazer. Ele acredita que nenhuma ação é moralmente digna, a menos que seja perpetrada com a intenção deliberada de satisfazer às exigências da moralidade. Para chegarmos a uma avaliação moral exata, com base naquilo que a pessoa faz, temos, portanto, de conhecer os motivos que levaram a pessoa a fazê-lo.

Para Kant e, é claro, não apenas para ele, essa é a parte complicada. É muito difícil precisar com toda a certeza o que de fato motiva uma pessoa a agir como age em determinada ocasião. A psicologia dos seres humanos é complexa e esquiva; as fontes de suas ações são obscuras. Costumamos nos enganar não apenas sobre os motivos dos outros como também sobre nossas próprias razões. Portanto, só muito raramente (quando muito) podemos garantir, com toda a legitimidade, que uma pessoa está de fato agindo a bem do dever – em outras palavras, que ela é levada a agir por respeito à autoridade racional de um imperativo moral impessoal, e não por uma inclinação ou um desejo particular.

3

E, de fato, Kant está convicto de que *nunca* podemos confiar por completo nisso. Em primeiro lugar, ele acredita que, "pela experiência, é absolutamente impossível discernir, com toda a certeza, um único caso" no qual uma pessoa aja *exclusivamente* a bem do dever. As considerações morais *nunca* são as *únicas* a motivar uma pessoa; outros estímulos e intenções estão *sempre* em ação. Além do mais, nunca podemos descartar de todo a possibilidade de que são esses outros fatores, e não as exigências do dever, as motivações mais eficazes que levam a pessoa a agir.

Por vezes, parece mesmo que a moralidade está *obrigatoriamente* desempenhando o papel decisivo. Em algumas circunstâncias, parece que não conseguimos encontrar mais nada, a não ser a força motivadora de certas considerações morais, que *possa* plausivelmente responder pelo fato de uma determinada ação ser perpetrada. Contudo, mesmo assim, podemos facilmente nos equivocar acerca do que está acontecendo de fato. É como Kant adverte: "Não há como concluirmos com certeza que um impulso secreto de amor-de-si, sob a falsa aparência da noção de dever, não seja realmente a causa verdadeira que determina a vontade". As pessoas não são apenas obscuras e complicadas. Elas também nos enganam. Não é incomum interpretarmos mal os outros; tampouco somos imunes à ilusão e ao erro no que se refere a nós mesmos.

Kant não é cético, mas pretende ser realista. Seu parecer ponderado é que um "observador impassível [...] às vezes [é compelido] a duvidar da possibilidade real de encontrar a verdadeira virtude em algum lugar do mundo". Ao dizer isso, Kant não está sendo irônico. Sua atitude fundamental diante do caráter humano não é de desprezo indiferente. Ao tentar entender o que as pessoas pretendem, ele está mais que disposto a lhes conceder o benefício da dúvida. Mas só até certo ponto. Ele diz:

> Por amar a humanidade, estou disposto a admitir que a maioria de nossas ações está *de acordo com o dever*; mas, se examinarmos mais de perto nossos pensamentos e aspirações, encontraremos, em todos os lugares, o *querido eu*, que sempre se destaca, e é ele, e não o rígido mandamento do dever (que muitas vezes exigiria abnegação), que está na base de nossos planos.

Fica bastante claro o que Kant tem em mente. Ele duvida de que consigamos um dia deixar de nos preocupar com nossas inclinações pessoais, ou de que sejamos capazes de nos isolar por completo de seu tirânico ímpeto motivacional. Ele acredita que não é nossa dedicação à moralidade, mas nosso interesse em seguir nossas próprias inclinações, que desfruta uniformemente a mais alta prioridade e que exerce a influência mais conclusiva sobre nossa conduta. Podemos até dizer a nós mesmos – acreditando em nossa total sinceridade – que nossas atitudes e ações são, ao menos às vezes, concebidas conscienciosamente para responder com docilidade aos mandamentos do dever. Mas Kant suspeita que elas, na verdade, sempre respondem primariamente às pressões do desejo. É por nossos desejos que nos interessamos com maior ternura. Neles estamos inextricavelmente imersos, e é por eles que somos invariável e mais urgentemente impelidos. Mesmo quando fazemos a coisa certa, nós a fazemos basicamente para satisfazer a nossos próprios impulsos e ambições, e não por respeito à lei moral.

4

Segundo Kant, o fato de os estímulos do amor-de-si serem tão onipresentes em nossas vidas, e tão coagentes, impossibilita-nos de nos submeter virtuosamente à lei moral. Não estou me propondo a contestar a maneira como Kant concebe aquilo que é exigido pela dignidade moral; nem me proponho, no que diz respeito a isso, a refutar qualquer outro elemento de sua doutrina moral. Não afirmarei que ele está errado em sua convicção de que existe uma relação obstinadamente hostil entre as exigências da moralidade e as demandas do desejo pessoal. Por outro lado, considero significativamente fora de foco o que ele diz acerca do *eu* e de nossas atitudes para com nossos respectivos *eus*.

Kant é conhecido por sua intransigente austeridade moral. Contudo, é preciso dizer que, nas passagens de sua obra por mim citadas, ele não dá a impressão de ser tão severamente indiferente aos sentimentos humanos comuns nem insensível aos aspectos familiares da fraqueza humana. De fato, há algo de comovente, interessante e até mesmo doce em suas alusões pesarosas às fragilidades inerentes ao caráter humano e aos ansiosos artifícios de auto-ilusão com os quais tentamos ocultá-las.

Mas, ao mesmo tempo em que o pesar de Kant acerca da inevitável tendência dos seres humanos de se mostrarem afetuosos consigo mesmos pode ser, em geral, terno e ponderado, que razão há para supor que uma atitude como essa seja realmente apropriada? Afinal de contas, o que há de tão embaraçoso ou de tão lamentável em nossa propensão para amar a nós mesmos? Por que deveríamos sentir qualquer tipo de pena justificada ou repugnância [por essa propensão], ou presumir que se trata de um terrível obstáculo à realização de nossas metas mais dignas?

Por que deveríamos achar que o amor-de-si é um empecilho para o tipo de vida ao qual devemos razoavelmente aspirar?

Afinal, não foi um Autor de autoridade moral superior à de Kant que nos disse para amar o próximo *como a nós mesmos*? Essa ordem não parece ser uma exortação contra o amor-de-si. Não declara nem implica que devemos amar o próximo *em lugar* de amar a nós mesmos. De fato, de modo algum sugere que o amor-de-si é inimigo da virtude, ou que poderia ser desonroso ter estima pelo *eu*. Ao contrário, o mandamento divino de amar o próximo como amamos a nós mesmos pode até ser considerado uma recomendação positiva do amor-de-si como um paradigma especialmente útil – um modelo ou ideal segundo o qual deveríamos seriamente nos pautar na condução de nossas vidas cotidianas.

Não há dúvida de que é possível objetar que o sentido real da ordem divina é bem diferente. Talvez, quando nos exorta a amar o próximo como amamos a nós mesmos, a Bíblia pretenda simplesmente encorajar-nos a amar o próximo com a mesma intensidade, ou com a mesma dedicação implacável, que estamos dispostos a prodigalizar a nós mesmos. De acordo com essa leitura, a questão é que devemos simplesmente conferir a nosso amor pelo próximo a mesma dedicação entusiástica e persistente que nos é característico manifestar pelo querido *eu*. Em outras palavras, não é o amor-de-si enquanto tal que é apresentado como modelo, mas apenas a maneira excepcionalmente pródiga como costumamos amar a nós mesmos.

Seja como for, quero lançar outro olhar sobre o amor que – segundo se presume – as pessoas naturalmente têm por si mesmas. Quero sugerir uma alternativa ao modo kantiano de compreender o que se quer dizer com "o querido *eu*". Isso lançará uma luz completamente diferente sobre o significado do amor-de-si e sobre seu valor.

5

Do modo como o entendo, o amor-de-si é bastante distinto da atitude que Kant tem em mente quando lamenta nossa estima excessiva pelo *eu*. Ao falar daqueles que amam a si mesmos, Kant descreve pessoas motivadas predominantemente pelo interesse de satisfazer a suas próprias inclinações e desejos, e que, em qualquer ocasião, serão naturalmente impelidas a agir pela inclinação ou pelo desejo que por acaso for mais forte. Essas pessoas não são impulsionadas pelo que vejo como amor-de-si. Seu apego ao querido *eu* é menos amor-de-si que amor à boa vida, e o amor à boa vida é algo completamente diferente.

O amor e a satisfação excessiva dos desejos não são apenas atitudes muito diferentes: elas costumam ser contrárias. Os pais sensatos que amam seus filhos tomam muito cuidado para não ser complacentes. Seu amor não os motiva a dar aos filhos aquilo que as crianças porventura mais queiram. Em vez disso, eles demonstram seu amor preocupando-se com aquilo que é genuinamente importante para seus filhos – em outras palavras, tentando proteger e promover os verdadeiros interesses de seus filhos. Eles levam em conta o que seus filhos querem apenas na medida em que isso os ajuda a alcançar essa meta. Justo porque amam de verdade seus filhos, eles abrem mão de fazer muitas coisas que seus filhos gostariam imensamente que eles fizessem.

E é assim também que uma pessoa demonstra que ama a si mesma. Ou seja, ela o demonstra protegendo e promovendo aquilo que considera ser seus verdadeiros interesses, mesmo quando isso frustra os desejos que mais a motivam, mas também ameaçam afastá-la dessa meta. De acordo com Kant, o querido *eu* não deseja ser amado com sinceridade e inteligência. Ele quer apenas que seus impulsos e desejos sejam saciados. Em outras palavras, ele anseia pela boa vida. Contudo, não é pelo amor à boa vida que a pessoa manifesta seu amor-de-si. O amor genuíno por nós mesmos, assim como o amor genuíno por nossos filhos, requer um outro tipo de atenção conscienciosa.

6

Examinemos mais de perto, então, a natureza do amor-de-si. Assim como qualquer espécie de amor, o amor por uma pessoa tem quatro características principais e conceitualmente necessárias. Primeiro, ele consiste basicamente em uma preocupação desinteressada pelo bem-estar ou pelo desenvolvimento da pessoa amada. Não é motivado por nenhum propósito ulterior, mas deseja o bem do ser amado como um fim em si mesmo. Segundo, o amor é diferente de outras formas de preocupação desinteressada pelas pessoas – como a caridade, por exemplo –, visto ser indiscutivelmente pessoal. Por uma questão de coerência, a pessoa que ama é incapaz de considerar um outro indivíduo um substituto adequado para o ser amado, não importa a semelhança entre esse indivíduo e aquele que ela ama. A pessoa amada é amada por ser quem é, ou por ser o que é, e não como um exemplar de certo tipo. Terceiro, o amante se identifica com o amado, ou seja, ele considera seus os interesses do amado. Por conseguinte, ele se beneficia ou sofre, a depender da possibilidade de esses interesses serem ou não adequadamente atendidos. Por fim, amar implica uma restrição da vontade. Não depende apenas de nós aquilo que amamos ou não amamos. O amor não é uma questão de escolha: é determinado por condições que estão além de nosso controle voluntário e imediato.

Dadas essas características definidoras do amor, fica evidente que o amor-de-si – a despeito de sua reputação duvidosa – é, de certo modo, a modalidade mais pura de amor. O leitor talvez imagine que eu não esteja falando sério. Como a afirmação de que o amor-de-si é a espécie mais pura de amor poderia não passar de um flerte estapafúrdio e irresponsável com o paradoxo? Na realidade, porém, a excepcional pureza do amor-de-si pode ser facilmente demonstrada.

Não se trata, é claro, de afirmar que amar a si mesmo é especialmente nobre ou que abona o caráter de uma pessoa. Trata-se antes de afirmar que o amor por si mesmo é mais puro que outras formas de amor porque é nos casos de amor-de-si que o amor está mais inclinado a ser inequívoco e genuíno. Em outras palavras, os exemplos de amor-de-si, em contraposição aos exemplos de outros tipos de amor, conformam-se mais de perto com os critérios que identificam o que essencialmente é amar. De imediato, o amor-de-si pode nos parecer um tipo degenerado de amor, que talvez não possa ser genuinamente considerado um tipo de amor. Na realidade, porém, o amor-de-si e as condições conceitualmente indispensáveis que definem a natureza do amor se encaixam com perfeição.

7

Em primeiro lugar, certamente não há o que discutir quanto ao fato de que, quando uma pessoa ama a si mesma, a identificação com o ser amado é distintamente vigorosa e irrestrita. Nem é preciso dizer que, para alguém que ama a si mesmo, seus interesses e os do ser amado são idênticos. É óbvio que sua identificação com os interesses do amado não precisa se digladiar com as discrepâncias, as incertezas ou as hesitações que são inevitáveis em outros tipos de amor.

É ainda mais óbvio que alguém que ama a si mesmo se dedica ao amado como um indivíduo particular, e não como um exemplo ou modelo de um tipo genérico. Por uma questão de coerência, o amor-de-si de uma pessoa não pode ser considerado transferível a um substituto equivalente. Talvez até faça sentido o homem que ama certa mulher sentir-se atraído por outra que lhe pareça muito semelhante à primeira. Mas suponhamos que alguém venha a crer que outra pessoa se parece demais consigo. A semelhança dificilmente o tentará a amar a outra pessoa assim como ele ama a si mesmo. O que nos leva a amar a nós mesmos é algo completamente diferente do fato de possuirmos características que outras pessoas também podem possuir.

Em terceiro lugar, o amor-de-si não está simplesmente fora de nosso controle voluntário e imediato. Somos levados mais naturalmente – e com maior imprudência – a amar a nós mesmos do que a amar outras coisas. Além do mais, nossa tendência para o amor-de-si é menos suscetível que outros tipos de amor à inibição ou ao bloqueio efetivo por parte de influências e controles indiretos. Apesar de não ser de todo irresistível, essa tendência é excepcionalmente difícil de superar ou driblar. Ao contrário de nosso amor pela maioria das coisas, o amor-de-si não é produzido por – nem depende em grande parte de – causas externas, que podem nos dar a oportunidade de exercer uma certa influência manipuladora. Ele está profundamente arraigado em nossa natureza e é, em grande medida, independente das contingências.

Por fim, a pureza genuína do amor-de-si quase nunca é adulterada pela intrusão de um propósito ulterior ou extrínseco. É muito raro procurarmos nosso próprio bem-estar primariamente porque esperamos que isso levará a algum outro bem. No amor que dedicamos a nós mesmos, procura-se o desenvolvimento do amado – em maior grau do que em outros tipos de amor – não apenas por si só, mas unicamente por esse motivo. Talvez seja flertar escandalosamente com o absurdo sugerir que o amor-de-si pode ser *altruísta*. Contudo, é de todo apropriado caracterizá-lo como *desinteressado*. Na realidade, o amor-de-si é quase sempre completamente desinteressado, no claro e literal sentido de que ele não é motivado por outros interesses que não os do ser amado.

8

Para esclarecer o caráter do amor-de-si, talvez nos seja útil invocar, como um modelo sugestivo, o amor relativamente (embora não igualmente) puro que os pais costumam ter por seus filhos pequenos. O amor parental corresponde intimamente ao amor das pessoas por si mesmas em vários aspectos significativos. A grande semelhança entre essas duas espécies de amor provavelmente se deve ao grau extraordinário de identificação natural e mais ou menos irresistível entre o amante, nos dois casos, e o amado.

No amor-de-si, não pode haver discrepância entre os interesses daquele que ama a si mesmo e os da pessoa à qual seu amor-de-si se dedica. A identificação característica do pai com o filho costuma ser mais limitada e menos certa. Contudo, via de regra, ela é distintivamente extensa e coagente. Afinal de contas, o filho se origina literalmente no interior dos corpos de seus pais; e os pais tendem a continuar, mesmo depois do nascimento do filho, a considerá-lo ainda, de um modo menos orgânico, uma parte deles. A intimidade e a vivacidade dessa ligação tendem a diminuir à medida que o filho se separa dos pais e segue seu próprio caminho. Até então, contudo, e muitas vezes até mesmo depois, o alcance e a força da identificação parental são excepcionais.

O amor-de-si e a preocupação amorosa dos pais pelos interesses de seus filhos também são similares não só porque ambos consistem em dedicação ao bem do ser amado, como, é claro, ocorre em qualquer espécie genuína de amor, mas também porque, em ambos os casos, a devoção não costuma ser motivada por nenhuma ambição ou intenção externa. Os pais costumam se interessar pelo bem de seus filhos de um modo exclusivamente não-instrumental. Eles o valorizam *apenas* por ser o que é. Isso também caracteriza o modo como as pessoas se dedicam a seu próprio bem. Em nenhum dos casos é comum o amante esperar ou pretender que seu empenho em proteger ou promover os interesses do amado acarrete algum outro benefício.

Por outro lado, o amor por outras pessoas, que não sejam o próprio indivíduo ou seus filhos, raramente é tão desinteressado. Quase sempre se mistura com uma certa esperança, quando não é fundamentado por ela, de ser correspondido ou de obter outros bens que se distinguem do bem-estar do amado – por exemplo, companhia, segurança material e emocional, prazer sexual, prestígio, ou coisas do gênero. Apenas quando o amado é filho daquele que ama é que o amor parece estar livre de expectativas tão calculistas ou implícitas, assim como está quase invariavelmente livre delas no caso do amor de uma pessoa por si mesma. Verdade é que, em geral, os pais esperam que seus filhos pequenos venham a amá-los um dia, e muitas vezes esperam que, a seu tempo, os filhos também venham a lhes trazer outros benefícios. De ordinário, porém, essas esperanças não têm primazia: não costumam se destacar e são até mesmo irrelevantes, ao menos enquanto os filhos são bem pequenos. Então, é característico do complacente amor parental, assim como do amor-de-si, que a preocupação desinteressada do amante pelo bem do amado tenda não apenas a não se contaminar como também a se desvincular por completo de qualquer interesse por qualquer outro bem.

Por fim, o amor parental e o amor-de-si se assemelham na força quase irresistível com que naturalmente se apoderam de nós. É verdade: existem criancinhas infelizes cujos pais não se interessam nem um pouco por seu bem-estar. Existem também alguns indivíduos gravemente deprimidos, de uma indiferença temerária, ou irracionalmente afeitos à boa vida, que não se interessam nem um pouco por si mesmos. Casos desse tipo, porém, são raros. Além do mais, eles discordam tanto de nossas expectativas fundamentais acerca da natureza humana que costumamos considerá-los patológicos. Supomos que as pessoas normais não conseguem evitar a forte propensão para amar seus filhos, nem a forte propensão para amar a si mesmas. Nossa disposição para sermos pais amorosos e para amarmos a nós mesmos é inata. Pode não ser verdade que esses dois tipos de disposição sejam totalmente inextirpáveis. Contudo, esperamos que sejam excepcionalmente estáveis. Quando se trata de nossos filhos e de nós mesmos, temos pouca propensão para a volubilidade.

9

Qual é, então, o caráter particular do amor-de-si? De que modo essa variedade de amor se manifesta e o que ela acarreta? Na medida em que uma pessoa ama genuinamente a si mesma, a que leva esse amor?

Em sua realidade central como uma modalidade de amor, o amor-de-si não difere, é claro, de qualquer outra forma de amor. Assim como todo tipo de amor, o âmago do amor-de-si está no fato de o amante se interessar pelo bem do amado como um fim em si mesmo. Ele se preocupa desinteressadamente em proteger e promover os verdadeiros interesses da pessoa amada. Como, nesse caso, a pessoa amada é ele mesmo, os interesses aos quais ele se dedica por meio de seu amor-de-si são os seus próprios.

Agora, esses interesses, assim como os verdadeiros interesses de qualquer pessoa, são governados e definidos por aquilo que se ama. É aquilo que uma pessoa ama que determina o que é importante para ela. Portanto, é axiomático que o amor-de-si de alguém seja simplesmente, em seu âmago, uma preocupação desinteressada por seja o que for que a pessoa ame[2]. A caracterização mais compreensível da natureza essencial do amor-de-si é esta: a pessoa que ama a si mesma exibe e demonstra esse amor amando aquilo que ama.

Por conseguinte, não é de grande auxílio entender os objetos do amor-de-si como exemplos de um único tipo uniforme – a saber, objetos que podem ser, cada um deles, apropriadamente identificados ou caracterizados como um *"eu"*. A pessoa tem de amar alguma outra coisa – algo que não possa ser razoavelmente, ou até mesmo inteligivelmente, identificado como seu *"eu"* – para que exista qualquer coisa à qual seu amor-de-si se dedique de fato. O que as pessoas costumam chamar de amor por si mesmas nunca é primário; pelo menos não se for interpretado de uma maneira simplista e literal. Esse amor se origina ou se constrói necessariamente a partir do amor que as pessoas têm por coisas que não são idênticas a elas mesmas. Talvez, então, não seja tão correto considerar o amor-de-si uma condição na qual o amante e o amado são estritamente os mesmos. Uma pessoa não é capaz de amar a si mesma, a não ser na medida em que ame outras coisas.

Isso pode sugerir que a noção de amor-de-si é tão improdutiva quanto inútil. A noção não parece passar de mera redundância, gerada por uma iteração sem sentido. Dado que a dedicação aos interesses daquilo que é amado constitui um elemento fundamental do ato de amar, e dado ainda que os interesses de uma

---

2 Na verdade, a situação não é tão simples, como veremos na seção 12, adiante.

pessoa são determinados por aquilo que ela ama, segue-se que o amor de uma pessoa por si mesma consiste essencial e simplesmente na dedicação a um conjunto de objetos que engloba tudo o que ela ama. Mas, se existe algo que a pessoa ama de fato, então, é claro, ela já se dedica necessariamente a essa coisa. Dizer que ela ama também a si mesma, visto que isso significa apenas que ela de fato se dedica às coisas que ama, nada parece acrescentar à afirmação de que ela se dedica a essas coisas. Portanto, o amor-de-si parece se reduzir ao amor pelas coisas que se ama. Aparentemente, as pessoas não conseguem deixar de amar a si mesmas, conquanto amem alguma coisa. Se ama algo, a pessoa necessariamente ama a si mesma.

10

Contudo, estou me adiantando. Há mais a dizer, porque a situação é muito menos clara do que a exposição que fiz até agora deixa transparecer. Dois conjuntos de complexidades devem ser considerados, sendo que cada um deles afeta substancialmente a necessidade de complementar ou revisar minha exposição e a maneira como o amor-de-si deve ser, por fim, entendido.

Em primeiro lugar, surgem certas complexidades com relação à proposição de que o amor-de-si depende essencialmente do amor pelas coisas que não podem ser plausivelmente chamadas de *"eu"*. É verdade que o amor-de-si não tem como foco nenhum desses objetos. Contudo, é preciso cogitar a possibilidade de uma pessoa poder, de fato, amar a si mesma, mesmo que ela realmente não ame nada mais.

Segundo, surgem complexidades com relação à proposição de que a pessoa necessariamente se dedica a seja o que for que ela ame. Na verdade, essa proposição, em certo sentido, não passa de uma tautologia. Mesmo assim, por vezes é difícil determinar se uma pessoa que ama um certo objeto dedica-se verdadeiramente a ele. Essa dificuldade advém do fato de que as pessoas podem se achar divididas em seu íntimo, de tal modo que se torna impossível indicar inequivocamente o que elas amam e o que não amam.

11

Está claro que o fato de o amor-de-si levar ou não as pessoas a amarem coisas que não são idênticas a si mesmas não exige que elas reconheçam amar tais coisas. Sempre é possível uma pessoa amar alguém ou algo sem se dar conta de que ama; e ainda é sempre possível a pessoa acreditar que ama certas coisas que, de fato, não ama. Portanto, as pessoas podem amar a si mesmas, ainda que não tenham certeza quanto àquilo que amam (ou até mesmo apesar de o ignorarem por completo). O amor é uma configuração da vontade, constituída por várias disposições e restrições mais ou menos estáveis. A efetividade dessas disposições e restrições não requer nem assegura que a pessoa que elas predispõem e restringem tenha consciência delas. Pode ser que tal pessoa ignore, e pode ser até mesmo que ela negue, com uma segurança considerável, o papel que essas disposições e restrições desempenham na direção de suas atitudes e de sua conduta.

A ignorância e os erros de uma pessoa acerca daquilo que ama não são obstáculos para o amor-de-si. Consideremos o fato de que os pais talvez não consigam entender o que é genuinamente importante para seus filhos. De fato, os pais costumam errar grosseiramente no que se refere aos verdadeiros interesses de seus filhos. Mas isso não significa que lhes falte amor pelas crianças. Nós só os acusaríamos de falta de amor pelos filhos se acreditássemos que eles, os pais, não tivessem o desejo sincero de saber quais são os interesses de seus filhos. Se os pais tentam conscienciosamente entender o que é importante para seus filhos, isso já basta para expressar seu amor de maneira convincente. Os pais amam seus filhos conquanto façam um esforço genuíno, por mais inepto ou malsucedido que seja, para entender os verdadeiros interesses das crianças.

E isso também vale para o amor-de-si. Uma pessoa que não sabe o que ama e que, por conseguinte, não sabe quais são seus verdadeiros interesses pode, contudo, demonstrar que ama a si mesma fazendo um esforço decidido para entender o que é fundamentalmente importante para si – esclarecer o que ela ama e o que esse amor exige. Isso não implica nenhum desvio em relação ao princípio de que o amor exige, da parte do amante, uma preocupação com os verdadeiros interesses daquilo que ele ama. Preocupar-se com os verdadeiros interesses de seu amado exige que o amante também seja impelido pelo desejo mais elementar de identificar corretamente esses interesses. Para obedecer às ordens do amor, é preciso primeiro entender o que o amor ordena.

12

No que se refere às complexidades do primeiro tipo, o mais difícil é saber se de fato seria impossível uma pessoa amar a si mesma, a menos que ela (sabendo ou não disso) já amasse alguma outra coisa. À primeira vista, pode parecer óbvio que o amor-de-si é certamente impossibilitado pela ausência de amor por algo que não seja idêntico à própria pessoa. Se o amor implica essencialmente uma preocupação com aquilo que o amado ama, é difícil ver como uma pessoa que não ama nada poderia ser amada, seja por outra pessoa, seja por si mesma. Porque, se determinada pessoa não ama nada, parece, então, que não existe objeto capaz de fornecer um foco para a preocupação de alguém que a ama. Parece não haver maneira de expressar amor por ela. Dado que ela não tem interesses que alguém possa se preocupar ternamente em proteger ou promover, não deve haver nada que um amante possa fazer.

Contudo, o retorno ao modelo do amor parental indica que essa análise é excessivamente simplista. Não é apenas tentando identificar e proteger os verdadeiros interesses de seus filhos que os pais expressam de maneira convincente o amor por sua prole. Eles também podem expressá-lo fazendo o possível para garantir que seus filhos *tenham* interesses genuínos. Os pais amorosos não desejam que seus filhos sejam condenados a vidas desprovidas de fins últimos, ou nas quais existam apenas fins últimos tão insignificantes que uma vida estruturada por eles permaneceria, em geral, caoticamente fragmentada ou quase oca. Por isso, sua preocupação com o bem-estar dos filhos naturalmente se estende, na medida em que se faz necessária, tanto a ajudar os filhos a se tornarem capazes de amar como a ajudá-los a encontrar o que amar. Isso sugere que uma pessoa que não ama nada pode, contudo, mostrar que ama a si mesma tentando superar as características pessoais capazes de prejudicar sua capacidade de amar e fazendo o esforço necessário para encontrar coisas que ela de fato venha a amar.

Imaginemos uma pessoa tentando sinceramente aperfeiçoar sua capacidade de amar e aumentar o número de coisas que ela ama. Imaginemos ainda que essa pessoa não consegue deixar de fazer isso, e também que ela não tem nenhum propósito além desse: ela é impelida por tendências e inclinações que não estão imediatamente sujeitas a sua vontade, e amar é importante para ela como um fim em si mesmo. Talvez seja uma pessoa que reconhece não amar nada em particular, ou nada muito além da sobrevivência e de suas exigências, mas que deseja sair dessa condição; ou então ela pode ser uma pessoa que já ama muito, mas deseja amar mais. Em ambos os casos, considerar seu interesse em fazer o possível para encontrar o amor como expressão do amor por si mesma não é menos apropriado do que considerar que os pais exprimem amor por seus filhos quando fazem tudo o que podem para ajudá-los a encontrar o amor.

A forma mais rudimentar de amor-de-si, portanto, consiste simplesmente no desejo que a pessoa tem de amar. Ou seja, consiste no desejo da pessoa de possuir metas que ela é obrigada a assumir como próprias e às quais ela se dedica como fins em si mesmos, e não por seu mero valor instrumental. Quando deseja amar, a pessoa quer ser capaz de agir com um propósito definido e seguro. Sem esse propósito, a ação não pode ser satisfatória; ela é inevitavelmente, como diz Aristóteles, "vazia e vã". Ao nos fornecer fins últimos, que valorizamos por serem o que são e com os quais nosso compromisso não é meramente voluntário, o amor nos salva, ao mesmo tempo, da arbitrariedade inconclusiva e do desperdício de nossas vidas em uma atividade vazia que é fundamentalmente sem sentido porque, não tendo propósito definitivo, não tem como alvo nada que de fato queiramos. Em outras palavras, o amor nos permite nos envolver de todo o coração em atividades que são significativas. E, dado que o amor-de-si é equivalente apenas ao desejo de amar, ele é simplesmente o desejo de ser capaz de contar com algum sentido em nossas vidas[3].

---

3 Na medida em que os seres humanos não podem deixar de ter esse desejo, somos constituídos para amar o amor. Nesse caso, amar tem uma importância inata para nós e se situa, por natureza, entre nossos verdadeiros interesses. Mas talvez seja razoável afirmar que amar é importante para nós e está entre nossos verdadeiros interesses, quer o amemos (ou nos interessemos por ele) ou não. Nesse caso, seria necessário reformular minhas afirmações anteriores acerca das relações entre amor, importância e interesses.

13

O segundo conjunto de complexidades ao qual antes me referi está relacionado à possibilidade de as pessoas às vezes se verem interiormente divididas, a ponto de ser impossível dar respostas unívocas e categóricas a questões acerca do que elas amam e não amam. Pode ocorrer que uma pessoa ame de verdade algo, mas, ao mesmo tempo, talvez também seja verdade que ela não queira amá-lo. Parte dela o ama, por assim dizer, a outra parte, não. Há uma parte dela que se opõe a amá-lo e que deseja que ela simplesmente não o ame. Em uma palavra, a pessoa é ambivalente.

Para resolver esse tipo de conflito, para que a pessoa se veja livre de sua ambivalência, não é preciso que nenhum de seus impulsos conflitantes desapareça. Nem mesmo é necessário que eles aumentem ou diminuam de intensidade. A solução requer apenas que a pessoa saiba, com uma certeza definitiva e inequívoca, de que lado do conflito *ela* se encontra. As forças mobilizadas do outro lado podem persistir com a mesma intensidade de antes; mas, tão logo a pessoa tenha definido claramente onde está, sua vontade não estará mais dividida e sua ambivalência terá desaparecido. Ela optou de todo o coração por um de seus impulsos conflitantes, e não pelo outro.

Quando isso acontece, a tendência à qual a pessoa resolveu se opor – por ter tomado uma decisão, ou de alguma outra maneira – é, em certo sentido, expelida e externalizada. Separa-se da vontade e, portanto, torna-se alheia. Depois disso, o conflito interior deixa de ser um conflito no qual uma simples inclinação contrária se opõe a essa tendência agora alienada. Quem se opõe a ela é *a pessoa*, em sua tentativa – como um agente de volição unificada – de resistir aos ataques dessa predisposição. Contudo, se a tendência alienada se revela muito forte, o que ela supera não é, então, apenas uma inclinação contrária. Ela supera a própria pessoa. A pessoa é derrotada, e não simplesmente uma das várias tendências que atuam dentro dela.

Em muitos desses casos, porém, a pessoa é incapaz de decidir de que lado se posicionar em definitivo. Ela não consegue se identificar de uma vez por todas com nenhuma das tendências contrárias a sua vontade. Ela não consegue estabelecer conclusivamente se deve se alinhar com sua tendência para amar ou com seu desejo de solapar essa tendência e abster-se de amar. Ela não sabe qual dessas forças opostas preferiria ver prevalecer no final. Ela não sabe ao certo se deve oferecer resistência ou unir-se a cada uma das inclinações conflitantes que encontra dentro de si.

Nesses casos, a pessoa tem sua volição fragmentada. Sua vontade é instável e incoerente, impelindo-a, ao mesmo tempo, em direções contrárias ou em uma seqüência desordenada. Ela sofre de uma ambivalência arraigada, na qual sua vontade permanece obstinadamente indefinida e, por conseqüência, falta-lhe autoridade diretora efetiva. Na medida em que for incapaz de resolver o conflito que a dilacera e, portanto, de unificar a própria vontade, a pessoa estará em desacordo consigo mesma.

Suponhamos, por exemplo, que alguém seja ambivalente com respeito ao amor por determinada mulher. Parte dele a ama, mas a outra parte se opõe a amá-la; e ele mesmo não sabe ao certo qual de suas duas tendências inconstantes ele quer ver prevalecer[4]. Agora, amar a si mesmo seria, para ele, amar seja o que for

---

4 Essa situação difere daquela na qual a incerteza de um homem acerca de seu amor por uma mulher é uma questão de não saber ao certo quais são de fato suas disposições e atitudes para com ela. O problema de identificar ou de caracterizar exatamente os elementos da condição psíquica de alguém não equivale ao problema de resolver um conflito psíquico.

que ele ama. Mas, visto que não decidiu se vai apoiar seu amor pela mulher ou se vai se identificar com a oposição a esse amor e aí investir sua energia, ele não consegue decidir se a ama realmente. Logo, sua vontade está indeterminada. Não há verdade final e inequívoca, nem fato livre de ambigüidade, no que se refere a ele a amar realmente ou não. Portanto, ainda está indeterminado se ele ama a si mesmo. Assim como seu amor pela mulher, seu amor-de-si é irredutivelmente equívoco. Nesse ponto, ele é tão radicalmente ambivalente com respeito a si mesmo quanto no que diz respeito a ela[5].

14

A falta de confiança em si mesmo foi a matriz geradora da filosofia moderna e continuou a ser a fonte de uma parte considerável de sua energia. Nos últimos três ou quatro séculos, as dúvidas teóricas que os filósofos suscitaram acerca de si mesmos – ou seja, acerca de suas capacidades morais e cognitivas – definiram e nutriram suas ambições intelectuais mais relevantes e suas investigações mais fecundas. Fora isso, as diversas dúvidas bem mais pessoais que afligem cronicamente os indivíduos em geral, em relação a si mesmos, influenciaram bastante a formação do caráter de nossa cultura. A vitalidade e o sabor da vida contemporânea foram notoriamente debilitados e exacerbados por modalidades de ambivalência radical ainda mais penetran-

---

5 Assim como os pais que expressam amor por seu filho preocupando-se em mediar o amor da criança, esse homem pode expressar amor por si mesmo preocupando-se em resolver sua ambivalência a respeito da mulher. Nesse caso, talvez se possa dizer que o amor-de-si dele consiste – no que se refere a esse aspecto de sua vida – em um desejo de possibilitar que ele ame a si mesmo (ou, presumindo que já existam algumas coisas que ele ame inequivocamente, que ele amplie seu amor-de-si).

tes e urgentes que as inibições céticas que Descartes e seus sucessores se impuseram. Nem é preciso dizer que a história da ambivalência é muito antiga. Ela não começou na era moderna. Há muito tempo, os seres humanos lutam contra vontades divididas e contra a tendência de se alienarem. Santo Agostinho, que se bateu com a ambivalência em sua própria vida, a entendia como uma espécie de doença. Ele a caracterizou da seguinte maneira:

> A alma ordena o querer [...]. Mas, como ela não quer totalmente, também não ordena totalmente. Ela ordena na proporção do querer. Não se executará o que ela ordena enquanto ela não quiser [...]. Portanto, não é um absurdo querer em parte, e em parte não querer. É antes uma doença da alma [...]. Trata-se, portanto, de duas vontades, porque nenhuma é completa: o que existe em uma, falta na outra.[6]

Santo Agostinho pensava que a ambivalência, aliada ao desconforto e à insatisfação consigo mesmo que ela acarreta, talvez nos tenha sido infligida por Deus como conseqüência do pecado original. Pode ser, ele diz, que sua causa esteja "na secreta punição do homem e na penitência que lança uma sombra escura sobre os filhos de Adão". Com isso em mente, sua tendência era supor que fugir de uma vontade dividida para um estado de unidade volitiva nos seria impossível sem a assistência sobrenatural de Deus.

Se a ambivalência é uma doença da alma, a saúde da alma exige a unificação da vontade. Ou seja, a alma é saudável – ao menos no que diz respeito a sua faculdade volitiva – na medi-

---

6 Esta citação e a próxima foram extraídas das *Confissões*, VIII, 9.

da em que está convicta. Estar convicto implica ter uma vontade indivisa. A pessoa convicta sabe muito bem o que quer e pelo que se interessa. E, no que diz respeito a qualquer conflito entre disposições ou inclinações interiores, ela não tem dúvidas nem reservas quanto a seu posicionamento. Ela se entrega a seu bem-querer e a seu amor sem equívocos nem reservas. Portanto, sua identificação com as configurações volitivas que definem seus fins últimos não é nem inibida nem limitada[7].

Essa identificação convicta significa que não há ambivalência na atitude da pessoa para consigo mesma. Não há nenhuma parte dela – isto é, nenhuma parte com a qual ela se identifique – que se oponha a seu amor por aquilo que ela ama. Não há equívoco em sua dedicação ao amado. Visto que ela se interessa de todo o coração pelas coisas que são importantes para si, pode-se dizer apropriadamente que ela se interessa de todo o coração por si mesma. Em outras palavras, visto que ela põe todo o coração no amor por essas coisas, ela ama a si mesma de todo o coração. Seu amor-de-si convicto consiste na convicção de sua vontade unificada, ou é exatamente constituído por ela.

15

Ter convicção *é* amar a si mesmo. As duas coisas são uma só. Kierkegaard intitulou um de seus livros com a enfática declaração: "A pureza de coração é querer uma só coisa". Se tomada ao pé da letra, trata-se de uma imprecisão. As pessoas que desejam uma só coisa não estão sendo puras: estão sendo apenas obs-

---

7 Talvez valha a pena ressaltar que estar convicto não implica ter mente fechada. A pessoa convicta não precisa ser fanática. Alguém que conhece sua posição, sem limitações, pode, contudo, estar mais que disposto a atentar seriamente para as razões que talvez o levem a mudar de posição. Há uma diferença entre ser confiante e ser teimoso ou obtuso.

tinadas. O grau de pureza do coração de uma pessoa não é uma função da quantidade de coisas que ela quer. Ele depende muito mais do modo como essas coisas são desejadas. O que importa é a qualidade da vontade – ou seja, sua integridade – e não a quantidade de seus objetos.

As pessoas não alcançam a pureza de coração ao se tornarem estreitas de mente. O coração puro é o coração de alguém que tem unidade volitiva, e que, portanto, está absolutamente intacto. A pureza reside, como Kierkegaard sem dúvida pretendia dizer, na convicção. Na medida em que uma pessoa tem convicção, nenhuma parte de sua vontade se aliena ou resiste a ela. Ela não se deixa invadir nem submeter por nenhum elemento da própria vontade. Seu coração é puro no sentido de que sua vontade é puramente sua.

Portanto, o amor-de-si consiste na pureza de uma vontade convicta. Mas, e daí? Que razão temos para nos interessarmos em particular ou ansiarmos pela convicção? Com base em que devemos nos importar especialmente com a pureza? Por que deveríamos considerar o amor-de-si desejável e importante? O que há de tão maravilhoso na integridade e na vontade indivisa?

Um dos pontos a favor de uma vontade indivisa é que as vontades divididas, por natureza, causam o próprio fracasso. A divisão da vontade é uma contraparte, no domínio da conduta, da autocontradição no campo do pensamento. Uma opinião autocontraditória exige que nós, ao mesmo tempo, aceitemos e neguemos o mesmo juízo. Logo, é uma garantia de fracasso cognitivo. Analogamente, o conflito no interior da vontade impede a efetividade do comportamento pelo fato de nos levar a agir ao mesmo tempo em direções contrárias. A deficiência da convicção é, portanto, um tipo de irracionalidade que infecta nossas vidas práticas e as torna incoerentes.

Do mesmo modo, desfrutar a harmonia interior de uma vontade indivisa equivale a possuir um tipo fundamental de liberdade. Na medida em que ama a si mesma – em outras palavras, na medida em que tem convicção volitiva –, a pessoa não resiste a nenhum movimento de sua própria vontade. Ela não está em desacordo consigo mesma; ela não se opõe à expressão (nem tenta impedi-la), no raciocínio prático e na conduta, de seja qual for o amor imposto por seu amor-de-si. Ela está livre para amar aquilo que ama, pelo menos no sentido de que ela mesma não obstrui seu amor nem nele interfere.

Com isso, o amor-de-si tem a seu favor o papel que desempenha na constituição tanto da estrutura da racionalidade volitiva como do tipo de liberdade que essa estrutura da vontade assegura. Amar a nós mesmos é desejável e importante para nós porque é mais ou menos a mesma coisa que estarmos satisfeitos com nós mesmos. A auto-satisfação a que isso equivale não é uma questão de sermos presunçosamente complacentes; nem consiste em achar que fizemos algo de valioso, ou que tivemos êxito na realização de nossas ambições. Não, é uma condição na qual aceitamos de bom grado e ratificamos nossa própria identidade volitiva. Estamos contentes com os objetivos últimos e com o amor que define nossa vontade da maneira mais perspicaz[8].

---

8 Segundo Spinoza, o amor-de-si, ou a condição de estarmos satisfeitos com nós mesmos, "é realmente a coisa mais sublime com a qual podemos sonhar" (*Ética*, IV, 52s). Isso não significa que o amor-de-si ou a auto-satisfação sejam suficientes para fazer as pessoas felizes, ou que sejam suficientes para tornar boa a vida. Afinal de contas, a satisfação consigo mesmo é compatível com a decepção diante do resultado das coisas, do reconhecimento de que falhamos naquilo que tentamos mais sinceramente fazer e da infelicidade que esses infortúnios trazem naturalmente. Portanto, existem outras coisas boas com as quais talvez seja razoável sonhar também: por exemplo, maior poder, mais talento, uma sorte melhor. O fato de estarmos satisfeitos com nós mesmos não implica estarmos satisfeitos com nossas vidas. Contudo, talvez Spinoza tenha razão. Amar a si mesmo pode ser muito bem a "mais sublime" ou a mais importante de todas as coisas.

16

Pode-se argumentar que, pelo fato de não ter um conteúdo específico, o amor-de-si enquanto tal não pode possuir nenhum valor fundamental e intrínseco. Afinal, a convicção é apenas uma característica estrutural, relacionada à integridade ou à unidade volitiva. Atribuí-la a alguém não ajuda em nada a identificar as verdadeiras direções e tendências de sua vontade ou a apontar os objetos específicos de seu amor. Além disso, o amor-de-si, por si só, é neutro no que diz respeito aos valores tanto morais quanto amorais. Ele não tem um vetor apreciativo essencial. Uma pessoa ama a si mesma na medida em que ama alguma outra coisa de todo o coração. O valor daquilo que ela ama é irrelevante para a questão de determinar se ela o ama de todo o coração.

Isso abre a possibilidade de que alguém possa amar de todo o coração o que, em termos apreciativos, seria indefinível, ruim ou maligno. Às vezes, tenta-se demonstrar que um amor sem conflitos e inequívoco por coisas assim seria impossível. Muitos filósofos e pensadores religiosos quiseram e pareceram demonstrar que a vontade tem de estar inescapavelmente em conflito consigo mesma, a não ser quando é efetivamente dirigida e reprimida pelas exigências da moralidade. Se seus argumentos estivessem corretos, então só a boa vontade poderia ser genuinamente convicta.

Contudo, na realidade, seus argumentos não convencem. Parece-me até que o projeto defendido por eles é irremediavelmente pouco promissor. A convicção é completamente compatível não apenas com uma ligeira imperfeição moral como também com uma perversidade pavorosa e irredimível. Quaisquer que sejam seu valor e sua importância, o amor-de-si não garante o mínimo de retidão. A vida de uma pessoa que ama a si mesma é invejável por causa de sua convicção, mas pode não ser nem um pouco admirável. A função do amor não é tornar as pessoas boas: é simplesmente dar sentido a suas vidas e, desse modo, ajudar a fazer com que suas vidas sejam boas de se viver.

17

É difícil chegar à convicção. Não é fácil ficarmos satisfeitos com nós mesmos. Somos muito suscetíveis à incerteza e à ambivalência a respeito daquilo que amamos. Para Santo Agostinho, os empecilhos ao amor-de-si não eram apenas inatos: foram provavelmente inspirados por Deus. Logo, ele suspeitava de que seria preciso um milagre para superá-los. Minha observação pessoal é que alguns indivíduos tendem a ser convictos por natureza, ao passo que outros tendem a não ser. E desconfio de que chegar a algum grau considerável de convicção na vida depende muito mais da genética e de outras manifestações do acaso. Talvez isso não seja muito diferente daquilo que Santo Agostinho tinha em mente quando imaginava tratar-se de uma questão de decreto divino. De qualquer maneira, é óbvio que não podemos nos induzir a amar a nós mesmos, assim como não podemos nos induzir a amar o que quer que seja.

E se por acaso, no final das contas, não conseguirmos amar a nós mesmos? E se formos incapazes de superar as dúvidas e as dificuldades que surgem no caminho que leva à convicção, permanecendo desesperadamente privados de amor-de-si? No primeiro capítulo deste livro, eu disse que uma das diferenças essenciais entre os seres humanos e os outros animais é que estes últimos não são reflexivos. Eles não questionam o que pretendem fazer, nem o que pensar de si mesmos; eles não se interessam por aquilo que são ou por quem são. Em outras palavras, eles não se levam a sério. Nós, por nossa vez, *somos capazes* de nos levar a sério, e em geral nos levamos. É em conseqüência disso, naturalmente, que somos capazes de ficar insatisfeitos com nós mesmos. Talvez seja uma boa idéia não nos levar *muito* a sério. Concluindo, exemplificarei meu argumento narrando uma conversa que tive, há alguns anos, com uma mulher (uma secretária, não um filósofo profissional) que trabalhava em um escritório perto do meu. Eu não a conhecia muito bem: era um relacionamento casual. Mas ela era muito bonita. Na época, eu estava solteiro e, um dia, começamos a falar em um tom mais pessoal do que o de costume. Durante a conversa, ela disse que, em sua opinião, as duas únicas coisas de real importância em uma relação íntima eram a honestidade e o senso de humor. Para uma primeira aproximação, isso me pareceu sensato, apesar do lugar-comum. E, antes que eu tivesse a oportunidade de responder, ela revelou outro pensamento que estava longe de ser um lugar-comum. Disse ela: "Bem, não tenho muita certeza quanto à honestidade. Afinal, mesmo quando dizem a verdade, as pessoas mudam de opinião tão rápido que, de qualquer maneira, não se pode confiar nelas".

Por isso, eis meu conselho: digamos que você seja simplesmente incapaz, não importa o que faça ou por mais que se esforce, de ter convicção. Digamos que você ache impossível superar sua incerteza e sua ambivalência e que a hesitação é inevitável. Se ficar absoluta e definitivamente claro que você sempre será afligido por inibições e pela falta de autoconfiança e que você nunca estará plenamente satisfeito com aquilo que é – se, para você, o verdadeiro amor-de-si está definitivamente fora de questão –, tente ao menos não perder o senso de humor.

Agradecimentos

Em 2000, ministrei várias palestras como conferencista da cadeira Romanell-Phi Beta Kappa de Filosofia na Princeton University, sob o título geral de "Some thoughts about norms, love, and the goals of life" ["Reflexões sobre normas, amor e objetivos de vida"]. Repeti-as na University College London em 2001, durante as Shearman Memorial Lectures. Este livro é uma versão ligeiramente revisada dessas palestras.

1ª **edição** Novembro de 2007 | **Diagramação** Megaart Design
Fonte Palatino | **Papel** Offset Alta Alvura 90g/m²
Impressão e acabamento Centro de Estudos Vida & Consciência Editora Ltda.